www.ingramcontent.com/pod-product-compliance
Lightning Source LLC
LaVergne TN
LVHW020427080526
838202LV00055B/5071
* 9 7 8 8 1 9 6 0 5 4 1 3 7 *

بہروپیا

(مزاحیہ ناول)

از:

شوکت تھانوی

© Taemeer Publications

Bahrupiya (*Humorous Novel*)
by: Shaukat Thanvi
Edition: December '2022
Publisher & Printer:
Taemeer Publications, Hyderabad.

ISBN 978-81-960541-3-7

9 788196 054137

مصنف یا ناشر کی پیشگی اجازت کے بغیر اس کتاب کا کوئی بھی حصہ کسی بھی شکل میں بشمول ویب سائٹ پر اَپ لوڈنگ کے لیے استعمال نہ کیا جائے۔ نیز اس کتاب پر کسی بھی قسم کے تنازع کو نمٹانے کا اختیار صرف حیدرآباد (تلنگانہ) کی عدلیہ کو ہو گا۔

©تعمیر پبلی کیشنز

کتاب	:	**بہروپیا (مزاحیہ ناول)**
مصنف	:	**شوکت تھانوی**
صنف	:	طنز و مزاح
ناشر	:	تعمیر پبلی کیشنز (حیدرآباد، انڈیا)
زیر اہتمام	:	تعمیر ویب ڈیولپمنٹ، حیدرآباد
ترتیب / تہذیب	:	مکرم نیاز
سالِ اشاعت	:	۲۰۲۲ء
تعداد	:	(پرنٹ آن ڈیمانڈ)
طابع	:	تعمیر پبلی کیشنز، حیدرآباد -۲۴
صفحات	:	۹۶
سرورق ڈیزائن	:	مکرم نیاز

پیش لفظ

مکرم نیاز

شوکت تھانوی (پیدائش: ۲/ فروری ۱۹۰۴ء - وفات: ۴/ مئی ۱۹۶۳ء) کا اصل نام محمد عمر اور تعلق ریاست اتر پردیش کے ضلع شاملی (سابقہ ضلع مظفر نگر کا ایک حصہ) کے ایک چھوٹے سے گاؤں تھانہ بھون سے رہا ہے۔ انہوں نے اپنا قلمی نام شوکت اختیار کیا تو اپنے وطن کی مناسبت سے تھانوی کا بھی اضافہ کر لیا۔ جب ان کے والدین نے لکھنؤ کو بطور مستقل رہائش منتخب کیا تو شوکت تھانوی کی تصنیفی صلاحیت کو پھلنے پھولنے کا موقع یہیں دستیاب ہوا۔ اپنی تخلیقات کے لئے انہوں نے ظرافت کا انتخاب کیا۔ سنہ ۱۹۳۲ء کے قریب جب ان کا مزاحیہ افسانہ "سودیشی ریل" شائع ہوا تو ان کی تو شہرت اردو دنیا میں پھیل گئی۔ اسی شہرت کے باعث آل انڈیا ریڈیو میں انہیں ملازمت بھی حاصل ہوئی۔ اپنی وفات سے کچھ عرصہ قبل وہ پاکستان منتقل ہوئے اور وہاں بھی ریڈیو کے شعبے سے منسلک رہے۔

شوکت تھانوی صحافی ہونے کے ساتھ مضمون نگاری اور کالم نگاری میں اپنا ایک الگ مقام رکھتے تھے۔ وہ براڈکاسٹر بھی تھے اور ڈرامانویسی میں بھی ان کے نام کا

ڈنکا بجتا تھا۔ افسانہ و ناول نگاری میں بھی انہوں نے نام کمایا ہے۔ احمد ندیم قاسمی نے ان کے متعلق کہا ہے کہ شوکت تھانوی جیسا زبردست انسان کبھی کبھی پیدا ہوتا ہے، لگتا ہے ان کے فن کی کوئی حد ہی نہیں، وہ لامحدود صلاحیتوں کے مالک ہیں۔

شوکت تھانوی کی مشہور تصانیف میں "بار خاطر، بہروپیا، دنیائے تبسم، مسکراہٹیں، بیگم بادشاہ غلام، بیوی، کائنات تبسم، خواہ مخواہ، مابدولت، کچھ یادیں کچھ باتیں اور خبطی" خاص طور پر قابل ذکر ہیں۔

"بہروپیا" شوکت تھانوی کا یادگار مزاحیہ ناول ہے۔ تعمیر پبلی کیشنز (حیدرآباد، انڈیا) کی جانب سے اسی ناول کا جدید ایڈیشن پیش خدمت ہے۔

۲۲/دسمبر ۲۰۲۲ء

حیدرآباد دکن (انڈیا)

"نہ تنا تا ضیم اندک طلبلیم، والامقولہ بھائی مقصود کے لئے تھا، اور بھائی مقصود .... اس مقولہ کی انسانی شکل میں،

دنیا کا کوئی علم اور فن ایسا نہ تھا جس میں ٹانگ اڑاتے ہوئے ان ذات شریف کو ذرا بھی تامل ہو۔ حالانکہ صرف ہماری نہیں بلکہ کالج بھر کی یہی رائے تھی کہ یہ حضرت ہر شعبۂ زندگی میں بالکل صفر واقع ہوئے تھے۔ مگر اس غلط فہمی کا کیا علاج کہ اپنے آپ کو وقت مقررہ کا بقراط سمجھتے تھے اور ذہن میں یہ جم گیا تھا کہ دنیا کا کوئی کام ایسا نہیں ہے جس کو میں نہ انجام دے سکوں، نپولین کی طرح آپ

کی لغت میں بھی ناممکن کا مفہوم پیدا کرنے والا کوئی لفظ نہ تھا۔ طالبعلم تو خیر تھے ہی لیکن اس کے ساتھ ساتھ شاعر آپ تھے، ادیب آپ تھے، موسیقی میں آپ کو مہارت حاصل تھی، کھانا پکانے میں شاہی باورچی بھی آپ کے سامنے نہیں ٹھہر سکتے تھے، کپڑا سینے کا آپ کو ایسا دعویٰ تھا کہ کیا کسی سات پشت کے درزی کو ہوگا، کپڑا دھونے میں کیپٹل لانڈری لکھنؤ کے چابکدست دھوبیوں کے کان کاٹتے تھے، طبی تجربہ کا یہ عالم تھا کہ بڑے بڑے شفاء الملک اور سول سرجن آپ کے سامنے طفلِ مکتب تھے، مذہبی معلومات میں ملّا صاحب شور بازار کا پھڑکتا ہوا جوڑ اگر کوئی تھا تو صرف بھائی مقصود، مختصر یہ کہ آپ انجینیئر تھے، آپ وکیل تھے، آپ ماہرِ سیاست تھے، آپ ملک التجار تھے، آپ پہلوان تھے، آپ مصوّر تھے، آپ فلاسفر تھے، اور آپ سب کچھ تھے۔ بس دیر اس کی ہوتی تھی کہ ہمارے بھائی صاحب کے سامنے کسی قسم کی کوئی بحث چھڑ جائے تو پھر دیکھئے آپ کا تجربہ، معلوم ہوتا تھا کہ یہ شخص معلومات کا ایک موجیں مارتا ہوا سمندر ہے۔ اور اس مبحثِ خاص میں اس سے زیادہ معلومات دنیا میں کسی کو نہیں ہو سکتیں۔

نظر ہی تو ہے اتفاق سے باورچی خانے کی طرف اٹھ گئی اور

آپ نے باورچی کو گوشت بھونتے ہوئے دیکھ لیا۔

کہنے لگے

"تمہیں خدا کی قسم ذرا دیکھنا اس گدھے کے بچے کو، یہ گوشت بھون رہا ہے۔"

ہم نے دیکھا تو واقعی وہ گوشت بھون رہا تھا مگر ہماری سمجھ میں نہ آیا کہ اس میں گدھے کے بچے ہونے کی کونسی بات ہے، لاکھ لاکھ غور کیا مگر کچھ سمجھ میں نہ آیا۔ ہم نے کہا۔

"آخر وہ کیا کر رہا ہے؟"

کہنے لگے "ہشت" اور زور سے باورچی کو پکار کر کہا۔

"یہ گوشت بھون رہے ہیں یا ڈنٹر پیل رہے ہیں۔ اتنے دن ہو گئے باورچی کا پیشہ کرتے ہوئے اور اب تک دیگچی میں کفگیر چلانا نہ آیا۔"

اس کی جو شامت آئی تو کہہ اٹھا۔

"حضور پھر اور کیسے بھونوں۔؟"

یہ سننا تھا کہ بھائی صاحب کی قابلیت میں ایک ابال آگیا اور باورچی کو گوشت بھوننے کا سبق پڑھانے کے لئے صرف ایک سلیپر پہنے ہوئے باورچی خانے میں پہونچ گئے اور باورچی کے

ہاتھ سے کفگیر لیتے ہوئے بولے۔

"دیکھو اس طرح بھونتے ہیں۔"

اور دیگچی اور کفگیر سے مندر کا گھنٹہ بجانا شروع کر دیا۔ باورچی ہاتھ باندھے دُور کھڑا تھا اور بھائی صاحب پورے جوش و خروش کے ساتھ ناؤ کھینے کی طرح گوشت بھون رہے تھے کہ یکایک دیگچی اُلٹ کر چولہے میں آرہی اور چولہے کے اندر آگ کے بجائے بوٹیاں نظر آنے لگیں۔ ہم سمجھتے تھے کہ بھائی صاحب کو آج اپنی حماقت کا احساس ہوگا مگر انہوں نے تو قہر آلود نگاہوں سے باورچی کو گھورا اور کفگیر پٹخ کر بولے۔

"اب تم کو چولہا بنانا بھی میں ہی سکھاؤں کہ چولہا کس طرح بنایا جاتا ہے۔ یہ آپ نے چولہا بنایا ہے۔ جس پر دیگچی بھی نہ ٹکے بیوقوف۔ نالائق، گدھا، چلئے وہاں سے باورچی کی دُم بننے۔"

یہ کہتے ہوئے بھائی صاحب تو کمرے میں آ گئے اور ہم کو یہ فکر ہوئی کہ اب کیا کھائیں گے؟

ہم تھے بیمار اور علاج تھا ڈاکٹر انصاری کا کہیں ایک دن بھائی مقصود نے ہم کو دوا پیتے دیکھ لیا۔

کہنے لگے۔

"کیا پی رہے ہو؟"

عرض کیا۔

"دوا۔"

حیرت سے بولے۔

"خیریت تو ہے؟"

ہم نے عرض کیا۔

"تم کو معلوم نہیں میں کس قدر بیمار ہوں۔"

کہنے لگے۔

"یہ تو معلوم ہے مگر یہ دوا کس کی ہے؟"

ہم نے کہا۔

"ڈاکٹر انصاری کی۔"

بھائی صاحب نے یہ سنتے ہی کچھ اس طرح منہ بنایا

گویا ہم سخت بیوقوف ہیں۔

کہنے لگے۔

"یہ ڈاکٹر انصاری کی دوا پینا کیا معنی؟"

ہم نے جل کر کہا۔

"نہیں تو کیا تمہارا علاج کروں؟"

نہایت سنجیدگی کے ساتھ زوردار لہجے میں فرمایا۔

"خیر میں کوئی ڈاکٹر تو نہیں ہوں مگر یہ ضرور جانتا ہوں کہ ان ڈاکٹر انصاری صاحب سے اچھی ہی دوا تجویز کروں گا ان کے علاج سے بھلا کیا فائدہ ہوگا۔ اس سے تو مہاتما گاندھی کا علاج کرتے۔"

ہم نے حیرت سے پوچھا۔

"مہاتما گاندھی کا علاج؟"

کہنے لگے۔

"اور کیا اگر کسی ماہرِ طب کا علاج کرنا ہے تو کسی باقاعدہ حکیم یا ڈاکٹر کا علاج کرو۔ بیچارے ڈاکٹر انصاری کو تو اب طب یاد بھی نہ رہی ہوگی۔ وہ تو سیاست کے پیچھے سب کچھ بھول گئے۔ ان کا علاج تو واقعی ایسا ہے جیسے کوئی عقل کا دشمن گاندھی جی یا پنڈت جواہر لال نہرو کا علاج شروع کر دے۔"

ہم نے کہا

"تو پھر کس کی دوا پیوں؟"

کہنے لگے

"میاں تمہارا مرض بھی کوئی مرض ہے۔ معمولی سی کھانسی ہے اور بخار۔ تم تو میرا ایک چٹکلا استعمال کرو کہ دونوں وقت کھانا

کھانے کے بعد لیموں کا شربت پی لیا کرو، اور یہ جو چولہے کی مٹی ہوتی ہے نا اس میں تھوڑا سا سیاہ نمک ملاکر دن میں چار پانچ مرتبہ چاٹ لیا کرو بس۔"

بتائیے کہ ان حضرت کے مشوروں پر عمل کرنے والا کتنے دن زندہ رہ سکتا تھا، خیر یہ تمام باتیں تو اس لئے قابلِ برداشت تھیں کہ ان کا تعلق محض ان کے مشوروں سے تھا ہمارے عمل سے نہ تھا۔ لیکن ان میں ایک مرض یہ بھی تو تھا کہ ان کو مختلف قسم کے دورے اٹھا کرتے تھے مثلاً کھانا پکانے کا دورہ کہ بیٹھے بٹھائے یہی ذہن میں آگیا کہ اپنے ہاتھ کا پکا ہوا کھانا زیادہ پُرلطف ہے۔ ممکن ہے ان کے لئے پرلطف ہوتا ہو مگر ہمارے لئے تو ایک مصیبت ہوتا تھا۔ ایک دن صبر کیا۔ دو دن صبر کیا آخر ہم نے ان سے کہا۔

"یہ سلسلہ کب تک جاری رہے گا؟"

کہنے لگے

"بھائی اب تو میں نے طے کر لیا ہے کہ بس دست خود دہانِ خود اور واقعی جو مزہ اس میں آتا ہے کسی بات میں نہیں آتا، اپنی مرضی کا کھانا انسان خود ہی بہتر پکا سکتا ہے۔"

ہم نے کہا۔

تو پھر ہم اپنے لئے انتظام کریں۔"

کہنے لگے

"انتظام کیا کرو گے۔ آخر میں تو پکاتا ہی ہوں۔"

ہم نے صاف گوئی سے کام لے کر کہا۔

"بھائی صاحب ہم کو تو آپ معاف ہی رکھیں۔ ہم سے یہ جیل خانے والا کھانا نہیں کھایا جاتا۔"

لاپرواہی سے بولے۔

"تو تم خود پکا لیا کرو۔"

ہم نے کانوں پر ہاتھ رکھ کر کہا۔

"نا بابا۔ یہ میرے بس کا روگ نہیں۔"

شفقت آمیز انداز سے فرمایا

"انسان کو ہر کام کرنا چاہیئے۔

اب مجھ ہی کو دیکھو میں کسی کا محتاج نہیں رہ سکتا یہ نہیں کہ ایک وقت ملازم نہیں تو بھوکا پڑا رہوں۔"

ہم نے کہا۔

"تو بھائی جب تم کو آتا ہے تو اس فن کو اسی دن کے لئے اٹھا رکھو جب ملازم نہ ہو، یہ کیا کہ ملازم بھی ہے اور کھانا بھی خود پکا

رہے ہیں۔"

فیصلہ کن جواب دیتے ہوئے کہا

"تم کو اگر پسند نہیں ہے تو تم اپنا کھانا ملازم سے پکوا لیا کرو۔ میں تو عہد کر چکا ہوں کہ دستر خود دہانِ خود۔"

مختصر یہ کہ ہمارا کھانا باورچی پکانے لگا اور بھائی مقصود اپنا کھانا خود پکاتے رہے، لیکن تھوڑے ہی دنوں کے بعد بھائی مقصود کا عہد بھی باورچی ہی کو نبھانا پڑا۔

ہم سے رہا نہ گیا اور ہم نے آخر ان سے کہہ ہی دیا۔

"کیوں جناب وہ عہد کیا ہوا؟"

ہنس کر کہنے لگے

"ہر کسے را بہر کارے ساختند"

ایک مرتبہ سائیکل سے ہوئی نفرت اور ان کو سواری کا شوق چرایا چنانچہ سائیکل تو ہوئی نیلام اور ایک میلے سے جا کر ٹٹو خرید لاتے۔ جس پر بیٹھ کر بھیک مانگنے کے انداز سے سواری شروع کر دی گئی مگر تھوڑے دنوں میں وہ ٹٹو بھی نخاس کی ہوا کھاتا ہوا نظر آیا۔ اور پھر سیکنڈ ہینڈ بائیسکل کی تلاش شروع ہو گئی۔ اسی طرح موسیقی کے شوق نے ایسا گدگدایا کہ ہارمونیم خرید لائے اور مجھ پر

زور پڑنے لگا کہ طبلہ کی جوڑی خرید کر طائفہ مکمل کردوں مگر میں ابھی اس حماقت کو سمجھنے کی کوشش ہی کرتا رہا کہ وہاں موسیقی سے طبعیت سیر ہو گئی اور ہارمونیم بیچ کر نیلامی بندوق خرید لی گئی اور اب شکار کے فوائد پر روز لکچر سنائے جانے لگے اور بھائی مقصود اچھے خاصے شکاری بن گئے۔ بندوق کے عروج کے بعد بھی زوال کا زمانہ آیا، اور اس کی جگہ کیمرے نے لے لی، اب بھائی مقصود فوٹو گرافر تھے آرٹسٹ تھے اور دعویٰ یہ تھا کہ اس فن میں بڑے بڑوں کو اٹھا کر طاق پر بٹھا دیں گے۔ ابھی کیمرہ فروخت کرنے کی نوبت نہ آئی تھی کہ آپ کو فلمی مصوری کا سودا ہوا، اور چغتائی کو نیچا دکھانے کی رات دن رہنے لگی۔ عجیب عجیب بے ڈول تصویریں دن میں پچاسوں کی تعداد میں بنتی تھیں اور ہر تصویر کی ہم سے گلا گھونٹ کر داد لی جاتی تھی ہمارا کمرہ تھا کہ ان کے نزدیک نگار خانۂ چین بنا ہوا تھا اور ہمارے نزدیک آسیب خانہ واللہ رات کو وہی ڈراؤنی تصویریں خواب میں آ آکر ہم کو پریشان کرتی تھیں۔ مگر بھائی مقصود کسی طرح مانتے ہی نہ تھے۔ خیر خدا خدا کر کے یہ شوق بھی اپنی انتہا کو پہنچ گیا، اور اب آپ کو شاعری کی سوجھی یہ بھی ہمارے لئے ایک مصیبت تھی جب دیکھئے کچھ تازہ کلام ہمارا دماغ خراب کرنے کے

لئے تیار رہے اٹھتے بیٹھتے سوتے جاگتے ہر وقت ہم کو وہ خرافات جو ابراز کار سنائے جاتے تھے بلکہ ہم کو داد بھی دینا پڑتی تھی۔

شاعری کے بعد انشا پردازی کا دور شروع ہوا۔ اور اس میں بھی ہماری خوب خوب شامت آئی کہ بھائی مقصود ہیں کہ اپنا شیطان کی آنت کی طرح لمبا اور ہونٹ، امرود، آگرہ والے تک کا مضمون سنا رہے ہیں، اور ہم ہیں کہ دردِ سر کے مارے بیتاب دونوں ہاتھوں سے سر تھامے ہوئے ان کا مضمون سن رہے ہیں پھر اس کے بعد یہ بھی پوچھا جاتا تھا کہ "کہو اس مضمون سے ہلچل مچ جائے گی نا؟"

ہمیں کہنا پڑتا تھا "یقیناً"۔

مختصر یہ کہ بھائی مقصود کی یہی حرکتیں تھیں جن کی وجہ سے پہلے تو کالج میں ان کا نام "یاوحشت" رکھا گیا۔ پھر "بھائی گڑبڑ" کہلائے گئے پھر "مستان" مشہور ہوئے۔ پھر "قوس و قزح" کہلائے جانے لگے۔ اور آخر میں "بہروپیا" کا خطاب دیا گیا جو اس وقت بچہ بچہ کی زبان پر ہے حالانکہ کوئی ان کے سامنے کہہ دے تو وہ اب بھی اپنی اور کہنے والے کی جان ایک کردیں۔

جب کالج میں داخلہ کے لئے بھائی مقصود تشریف لائے — تو ہلیدار باریک انگرکھے پر لکھنؤ کی مشہور و معروف دو پلی ٹوپی پہنے ہوئے تھے پیروں میں جالی کھلا ہوا چوڑی دار پاجامہ تھا اور ہاتھ میں چھتری لیکن جب داخلہ کے بعد ان کو بورڈنگ میں رہنا پڑا اور وہاں کی آب و ہوا نے ایک طرف سے اثر کیا اور دوسری طرف "مرزا رشیی" کی پھبتی سے ناک میں دم ہوا تو آپ نے ترکی ٹوپی شیروانی یا ترکش کوٹ میں رہنا شروع کر دیا اور رفتہ رفتہ بورڈنگ کے تجربہ کار اور گھاگ طلباء میں آپ کا بھی شمار ہو گیا، لیکن ان کی حالت میں صرف یہیں تک تغیر نہیں ہوا کہ انگرکھا چھوڑ کر ترکش کوٹ

پہنا اور دو پلی ٹوپی کی جگہ ترکی ٹوپی استعمال کرنے لگے بلکہ ان پر تو کچھ صاحبیت کا ایسا غلبہ ہوا کہ وہ رفتہ رفتہ حد سے گذرنے لگے۔ مونچھیں چھوٹی ہونا شروع ہوئیں، یہاں تک کہ آخر کار غائب ہوگئیں۔ حقہ کی جگہ سگریٹ نے لے لی تھی مگر اب سگریٹ کی جگہ سگار اڑنے لگے۔ کوٹ اور پتلون بنوائے گئے۔ ہیٹ خریدی گئی آنکھوں کے امتحان کی ضرورت محسوس ہوئی اور چشمہ بھی لگ گیا۔ مختصر یہ کہ دیکھتے ہی دیکھتے مرزا رشمی مکمل صاحب بہادر بن کر رہ گئے اور اب ان کا مقابلہ بورڈنگ کا شاید کوئی طالب علم بھی جہاں تک فیشن کا تعلق ہے نہیں کر سکتا تھا۔

ہم نے ان کے ذاتی معاملات میں کبھی دخل نہ دیا حالانکہ ہم کمرہ ہم نوالہ اور ہم پیالہ ہونے کی حیثیت سے ہم بھائی صاحب کی خدمت میں بہت بڑی حد تک گستاخ بھی تھے۔ لیکن ایک دن جب سوٹ اور بوٹ سے لیس ہوکر بھائی صاحب سگار کا دھواں تمام کمرے میں فیاضی کے ساتھ منتشر کر رہے تھے۔ اور شاید کہیں جانے کے لئے تیار تھے۔ ہم سے نہ رہا گیا اور ہم نے کہہ ہی دیا۔

" مقصود یہ تو بتاؤ کہ کیا تمہارا قومی اور ملکی لباس اس قدر ناقص ہے کہ تم غیروں کی وضع اختیار کرو۔"

مسکرائے اور بالکل ٹامیانہ انداز سے سگار کا دھواں چھوڑتے

ہوئے فرمایا۔ "ہمارا ملکی اور قومی لباس! تمہارا مطلب یہ ہے کہ ہندوستانیوں کا قومی اور ملکی لباس، ہاں وہ ناقص تو نہیں ہے مگر نامعقول ضرور ہے۔"

ہم نے اپنا غصہ پی کر کہا۔

"وہ کیسے؟"

بس بھائی مقصود پینٹ کی کریز درست کرتے ہوئے کرسی پر بیٹھ گئے اور سگار منہ میں دبا کر خالص ولائتی لب و لہجے میں کہنے لگے۔ "اس انگریزی لباس کو پہن کر۔۔۔ تم جانتے ہو کیا محسوس ہوتا ہے؟"

ہم نے بات کاٹ کر کہا۔

"یہی کہ بندر کی طرح نقل اُتار رہا ہے۔"

جھڑک کر بولے۔

"میں مذاق نہیں کر رہا ہوں۔ تم خاموشی سے سنو کہ مقصود ایسا اُحمق نہیں ہے۔ جس نے فضول یہ وضع اختیار کی ہوگی۔ تم کو دراصل معلوم ہی نہیں کہ انگریزی لباس میں کیا خوبیاں ہوتی ہیں۔ جس وقت انسان سوٹ پہن کر تیار ہو جاتا ہے اس کو خود بخود اپنے میں ایک مستعدی ایک چستی اور ایک جفاکشی کی طاقت محسوس ہوتی ہے اور وہ غیر محسوس طور پر زیادہ سے زیادہ کام انجام دیتا ہے۔ اس کے علاوہ آپ بہتر سے بہتر ہندوستانی لباس پہن کر بازار میں نکلیں لیکن جو امتیاز ایک معمولی سے دو کوڑی کے

سوٹ کو حاصل ہوگا وہ آپ کے قیمتی ہندوستانی لباس کو حاصل نہ ہوگا آپ ریل میں سفر کیجیے اور سفر میں قیمتی ہندوستانی لباس پہن لیجیے مگر یہ دو کوڑی کے قلی آپ کی ایک نہ سنیں گے اور جہاں کوئی ہیٹ والا ان کو نظر آئے گا بس نانی ہی مر جائے گی بات یہ ہے کہ اس لباس میں کچھ خداداد رعب ہوتا ہے اور بھائی میں تو یہ کہتا ہوں کہ سوٹ پہن کر انسان خود اپنی نظروں میں باوقعت ہو جاتا ہے۔ دوسروں کا تو ذکر ہی نہیں۔"

ہم نے کہا۔

"ہاں یہ ایک بات تم نے کہی ہے کہ انسان خود اپنی نظر میں باوقعت ہو جاتا ہے۔"

کہنے لگے۔

"ہاں کبھی تم سوٹ پہن کر دیکھو تو سہی کہ تمہاری روح میں کس قدر بالیدگی پیدا ہوتی ہے۔"

عرض کیا۔

"اس خاکسار کو تو خیر بخش ہی دیجئے ابھی میرا ضمیر بفضلہٖ بقید حیات ہے۔"

تعجب سے کہنے لگے۔

"کیا معنی؟"

عرض کیا کہ "معنی یہ کہ اگر ایک طرف میری روح میں بالیدگی پیدا ہو گئی تو دوسری طرف یہ بھی خیال پیدا ہو گا کہ مجھ کو دیکھنے والے کیا کہتے ہوں گے اور خود وہ لوگ جن کا ملکی اور قومی لباس سوٹ ہے میرے لئے کیا رائے قائم کریں گے۔"

ایک تجاہل عارفانہ سے فرمایا۔

"میں نہیں سمجھا۔"

میں نے ذرا دبنگ ہو کر کہا۔

"میرا مطلب یہ ہے کہ خود انگریز مجھ ہندوستانی کو انگریزی لباس میں دیکھ کر میری غلامانہ ذہنیت، میری فتح نما شکست میری کمزوری اور میری کورانہ تقلید پر دل ہی دل میں ہنسیں گے۔"

غصے سے سرخ ہو کر اور دانت پیس کر بولے۔

"تم بھی سخت جاہل ہو، اس قدر پڑھ لکھ کر بھی تمہاری کھوپڑی میں گوبر بھرا ہوا ہے آخر میں پوچھتا ہوں کہ مہذب انگریز کسی ہندوستانی کو تہذیب کی طرف آتا ہوا دیکھ کر کیوں ہنسنے لگے۔"

عرض کیا۔

"ہنسیں گے، اس لئے کہ انہوں نے آپ کے ملک میں آکر

اور آپ کے ملک میں رہ کر آپ کی وضع کبھی اختیار نہیں کی آپ نے کبھی ان کو انگرکھا اور دوپلی ٹوپی یا شیروانی اور پاجامہ پہنے ہوئے نہ دیکھا ہوگا لیکن آپ اپنے ہی ملک میں رہ کر صرف ان کو دیکھ کر ان کا چربہ اُتارتے ہیں اور پھر پوچھتے ہیں کہ اس میں ہنسی کی کونسی بات ہے۔"

کچھ لاجواب سے ہوکر اِدھر اُدھر گردن کو جھٹکا دیا اور جواب سوچنے کے لئے بجھے ہوتے سگار کو جلا کر بولے۔

"تم سے میں ابھی کہہ چکا ہوں کہ ہندوستانی لباس سخت نامعقول ہوتا ہے۔ پھر بھلا انگریز اپنا معقول لباس چھوڑ کر تمہارا نامعقول لباس کیوں پہنتے۔"

ہم نے کہا۔

"جس طرح بغیر ثبوت کے آپ ہندوستانی لباس کو نامعقول کہہ سکتے ہیں۔ اسی طرح میں انگریزی لباس کو نامعقول کہتا ہوں۔"

کہنے لگے

ہاں ہندوستانی لباس نامعقول ہے۔"

میں نے ترکی بہ ترکی کہا

"ہاں انگریزی لباس نامعقول ہے۔"

عاجز آکر کہنے لگے۔

"تو پھر یہ قضیہ طے ہی نہیں ہو سکتا اس بحث میں اُلجھنا تضیع اوقات ہے۔"

کہنے لگے

"میں پھر کہتا ہوں کہ انگریزی لباس کی معقولیت کو ہندوستانی لباس کی نامعقولیت سے کوئی نسبت ہی نہیں۔"

"اچھا السلام علیکم!"

ابھی دو چار ہی قدم گئے ہوں گے کہ واپس آکر کہنے لگے "ہاں ہیٹ کے فوائد ملاحظہ فرمائیے ٹوپی کی ٹوپی اور چھتری کی چھتری۔"

عرض کیا

"تو پھر سر پر چھتری ہی کیوں نہ پہنا کیجئے۔"

کہنے لگے

"تم تو خبطی ہو، جاتے ہیں بھئی اب ورنہ آج کی فلم رہ جائے"

فیشن اور انگریزیت کے سامنے میں بھائی مقصود کی

شدت پسندی صرف لباس ہی کی حد تک نہ رہی۔ بلکہ اب تو ان کی تمام تر کوشش یہی تھی کہ تمام انگریزی معاشرت کو گھول کر پی جائیں، اور ہندوستانی طرزِ معاشرت جس طرح بھی ہو سکے جلد سے جلد چھوڑ دیں، چنانچہ اب بغیر میز اور چھری کانٹے کے کھانا نہیں کھا سکتے تھے۔ بغیر کموڈ کے قبض ہو جاتا تھا۔ بغیر لیس ماٹ کے پیشاب کا ہونا نا ممکن تھا اور بغیر ٹب کے غسل نہیں کر سکتے تھے ان سے ہم نے ان تمام چیزوں کے متعلق ایک ایک کر کے بحث کی، چھری کانٹے سے کھانا کھانے کے متعلق انہوں نے کہا کہ ہاتھ سے چھو کر کھانا کھانے کے معنی یہ ہیں کہ زہر کھایا جا رہا ہے۔ اس لئے کہ نوالے میں ناخن کا مس ہونا سمیت پیدا کر دیتا ہے۔ کموڈ کے متعلق ان کا نظریہ یہ تھا کہ اس طرح رفع حاجت کرتے ہوئے بھی انسان شریف اور معزز معلوم ہوتا ہے اور یہ احساس ہی نہیں ہوتا کہ کوئی گندی بات کر رہے ہیں۔ ٹب میں غسل کرنے کو انہوں نے طبی نقطۂ نظر سے مفید بتایا۔ مختصر یہ کہ ان کے پاس ہر بات کا ایک جواب تھا۔ اب وہ معقول ہو یا نہ ہو، اس سے کوئی بحث نہیں بہرحال وہ سوائے اپنے چمکدار سیاہ رنگ کے بال بال انگریز ہو چکے تھے۔ البتہ ان سے شرط صرف یہ تھی کہ جس

دن بھی انہوں نے فیشن کے جنون میں آکر سگ پرستی شروع کی
بس اسی دن سے وہ اپنے کمرے میں خوش اور ہم اپنے کمرے میں
خوش نظر آئیں گے. اور انہوں نے ہم سے یہ اقرار کرالیا تھا کہ
ہم ان کے ساتھ ہال میں ناچنے والیوں کے سامنے
ان کے ساتھ ہوٹل میں برج کھیلنے والوں کے سامنے
ان کے ساتھ دوسرے پھیچڑ اور کراں دوستوں سامنےان کے
ہندوستانی یا مسلمان ہونے یا نہ ہونے والی بحث کبھی
شروع نہ کریں گے. ہم اپنے وعدے پر قائم تھے. حالانکہ جب
یہ کمبخت ڈینگ ہانکتا تھا تو نفس کشی ہی کرنا پڑتی تھی. اور نہ
کتے والے معاملے میں اپنے وعدہ پر قائم تھا حالانکہ بغیر کتے
کے اس کا تمام فیشن اور تمام صاحبیت نامکمل تھی. غالباً یہی
دو طرفہ رواداری تھی کہ ہم دونوں اس اجتماع ضدین کے بعد
بھی. ایک ہی کمرے میں رہتے تھے.

لیکن جب بھانڈا پھوٹنے والا ہوتا ہے تو اس کے انتظامات
قدرتی طور پر خود بخود ہو جاتے ہیں ایک دن بھائی مقصود مجسم بہ
مسیح بنے ہوئے اپنے خالص دیسی صاحب لوگ دوستوں میں
بیٹھے ہوئے تھے کہ ناگاہ ان کے والد بزرگوار مع جبہ و دستار

لاٹھی ٹیکتے ہوتے آ پہونچے جہاں تک میرا خیال ہے بھائی مقصود یہ طے کئے ہوئے تھے کہ جب گھر جائیں گے تو کچھ مونچھیں بڑھائیں گے اور وہ ہندوستانی نامعقول لباس جواب تک محفوظ تھا پہن کر چلے جائیں گے لیکن اس ناگہانی طور پر والد ماجد کے پھٹ پڑنے کا ان کو وہم و گمان بھی نہ تھا۔ ہم حیران و ششدر رہ گئے کہ اس وقت بھائی مقصود کس منہ سے اپنے ہندوستانی باپ کے سامنے آئیں گے مگر واللہ بھائی مقصود نے تو کمال ہی کر دیا کہ پہلے تو نہایت گرمجوشی اور سعادت مندی کے ساتھ اپنے خالص سودیشی باپ سے ملے، پھر گھبراتے ہوئے میرے پاس آتے کہ سنو ایک بات اور کان میں کہنے لگے۔

"دیکھو ایک بات کا خاص خیال رکھنا کہ میرے جو دوست آئے ہوتے ہیں ان کو یہ نہ معلوم ہونے پائے کہ یہ میرے باپ ہیں۔"

میں نے برجستہ کہا۔

"اجی لاحول ولاقوۃ تم نے بھی مجھ کو کیا نرا بیوقوف سمجھا ہے اول تو اس کا موقع ہی نہ آنے دوں گا کہ کوئی یہ سوال کرے اور اگر کسی نے پوچھا تو کہہ دوں گا کہ مسٹر کے والد کے خانساماں ہیں۔

ہنس کر کہنے لگے۔

"ہاں ہاں بالکل ٹھیک ہے۔"

"وہ تو کہیے کہ کسی نے یہ سوال ہی نہیں کیا ورنہ ہم واقعی طے کر چکے تھے کہ یہی جواب دیں گے کہ: یہ حضرت مقصود کی ماما کے خالنساماں ہیں......

سینما جانے کا شوق ہم کو بھی ہے اور عام طور پر انگریزی جاننے والے سینما سے دلچسپی لیتے ہیں لیکن بھائی مقصود کو شوق نہیں بلکہ سینما سے عشق تھا چنانچہ آندھی آئے یا پانی برسے لیکن وہ شام کو پکچر پیلیس میں نظر آتے تھے اور دنیا کی کوئی بات ان کے اس پروگرام میں کوئی تبدیلی پیدا نہیں کر سکتی تھی لیکن ہم نے ان کے اس پرچھائیوں والے عشق کو کبھی کوئی سنجیدہ صورت نہ دی بلکہ ہم خود۔ ہر فلم تبدیل ہونے کے دن عام طور پر ان کے ساتھ جایا کرتے تھے لیکن اب تو ان کے پاس سینما سے متعلق لٹریچر اور

فلمی رسائل بھی آنا شروع ہو گئے جو غالباً انہوں نے خود منگانا شروع کیے ہوں گے۔ اور رفتہ رفتہ ان کے پاس صرف ایک ہی دلچسپ مبحث رہ گیا تھا جو یہ تھا کہ ڈگلس فربینکس میں کیا کیا محاسن ہیں، اور کیا کیا معائب چارلی اور ہیرلڈ لائڈ کے مزاج میں کیا فرق ہے مس سلوچنا اور مس کجن میں کیا خامیاں ہیں اور خود ان میں فلم اسٹار بننے کی صلاحیت کس قدر قدرتی طور پر ٹھونس ٹھونس کر بھر گئی ہے۔ ہم کو ان باتوں سے دلچسپی تو نہ ہوتی تھی لیکن یہ بھی واقعہ ہے کہ ہم الجھتے بھی نہ تھے مگر آپ ہی بتایئے کہ جب ہر وقت ہمارا ناک میں دم کیا جاتے گا اور ہر وقت یہی ذکر ہوگا تو پھر ہم بھی انسان ہیں فرشتہ نہیں، آخرکار سینما اور فلم کا مبحث ہماری دکھتی ہوئی رگ بن گیا۔ ان کو جس قدر اس ذکر سے دلچسپی ہوتی تھی اسی قدر ہم کو وحشت، ان کو جس قدر شوق بڑھ رہا تھا۔ اسی قدر ہماری نفرت ترقی کر رہی تھی۔ یہاں تک کہ اس خاص معاملہ میں ہماری اور ان کی حیثیت بالکل فریقین مخالف کی سی ہوگئی لیکن ہم کو یہ بھی معلوم تھا کہ ہمارے بھائی مقصود اپنی فطرت سے مجبور ہیں۔ اس میں غریب سینما یا بیچاری فلم کا کوئی قصور نہیں۔ فلم دیکھنے والے کا اگر یہی حال ہو جاتا

تو آج یہ دنیا فلمستان یا پکچر پیلس نظر آتی اور ہر انسان فلم اسٹار ہوتا لیکن ہم بھی سینما دیکھتے ہیں آپ بھی سینما دیکھتے ہونگے خدا نہ کرے کسی کا حال بھائی مقصود کی طرح ہو جاتے کہ لیٹے ہیں تو تمام فلمی قابلیت صرف کرکے سونے کا پارٹ ادا کر رہے ہیں ۔ بیٹھے ہیں تو کبھی مصنوعی تبسم چہرے پر پیدا کر رہے ہیں اور کبھی نمائشی غصہ کو اصلی غصہ سے ملا رہے ہیں. جدو جہد ہو رہی ہے کھڑے ہیں تو اپنے تیور سے بالکل روڈالف والیٹنو بنے جاتے ہیں کبھی اکڑ کر ڈگلس فربنیکس کو مات کراتے چل رہے ہیں تو کبھی چارلی کی چال ہے تو کبھی ڈگلس کی چست بات کیجیے تو کبھی ہیرلڈ لائڈ کی طرح حماقت مآب چہرہ بنا کے سنتے ہیں ۔ اور کبھی میری پکفورڈ کی طرح ایک ادائے دلبری ہے، مختصر یہ کہ اب وہ مجسم سینما ہو کر رہ گئے تھے اور رہی سہی جو مقبولیت تھی وہ بھی تشریف لے جا چکی تھی اس سے بات کرنے کو دل نہ چاہتا تھا۔ کہ ہر بات کے جواب میں وہ کوئی ایک ایکٹ کا ڈرامہ دکھا دیتے تھے اور ان کی حرکتوں سے اس لیے کوفت ہوتی تھی کہ وہ سوتے جاگتے اٹھتے بیٹھتے کسی وقت بھی اپنے سینما پن سے باز نہیں آتے تھے، کوئی ہو یا نہ ہو، در و دیوار کے سامنے ایکٹنگ ہوتی تھی. غسل خانہ میں تھرکتے تھے۔ ٹینس

کھیلنے میں فلم والی تھراہٹ موجود ہوتی تھی کھانے کی میز پر ہر لقمہ باقاعدہ ایکٹنگ کے ساتھ منہ میں جاتا۔ بس یہ سمجھ لیجئے کہ وہ انسان تو واجبی طور پر رہ گئے تھے البتہ فلم بن گئے تھے اور صرف ان ہی میں تمام مشہور فلم اسٹارز کا لطف آتا تھا۔

ہم کو سب سے زیادہ کوفت اس وقت ہوتی تھی جب ہم اور وہ پہلو بہ پہلو سینما ہال میں بیٹھ کر کوئی فلم دیکھتے تھے اس وقت ہم تو تماشا دیکھنا چاہتے تھے ڈرامہ کو سمجھنے کی کوشش کرتے تھے اور خاموشی کے ساتھ اس سے لطف اندوز ہونا چاہتے تھے مگر بھائی مقصود عین اسی وقت اپنے فلمی تجربہ کا سکہ جمانا چاہتے تھے۔ اور بات بات پر وہ طویل طویل تبصرہ اور تنقید کرتے تھے کہ خدا جانے ان کے اسی تبصرہ میں ڈرامہ کہاں سے کہاں پہنچ کر کم سے کم ہمارے لئے تو خبط ہی ہو جاتا تھا۔ ہم پہلے تو مروّت برتتے تھے پھر شرافت سے ان کو خاموش رہنے کے لئے کہتے تھے اور آخر میں لڑائی تک نوبت پہنچ جاتی تھی مگر وہ صرف تھوڑی دیر کے لئے ہماری اس بد مذاقی سے مایوس ہو کر چپ ہو جاتے تھے اور پھر وہی دخل در معقولات مختصر یہ کہ ان کے ساتھ سینما جانا بھی کوئی آسان کام نہ تھا اور یہ صرف ہم ہی تھے کہ

معاملہ رفع دفع ہوجاتا تھا. ورنہ اور کوئی ہوتا تو فوجداری ہوجاتی.

کتنا دلچسپ منظر تھا کہ جولیٹ اپنے بالاخانہ پر کھڑی ہوئی رومیو میں کھوئی ہوئی تھی اور رومیو صحن کے باغ میں دریچے کے نیچے کھڑا ہوا اپنے کو جولیٹ میں ڈھونڈ رہا تھا اور دونوں طرف سے انتہائی رومانی پیام ایک دوسرے کو پہنچائے جارہے تھے کہ بھائی مقصود نے میرا شانہ پکڑ کر ہلایا اور کہنے لگے.

"دیکھا کیسی زبردست ٹھوکر کھائی ہے."

میں فلم میں غرق تھا، بالکل عالمِ خواب کی طرح کہہ دیا.

"ہوں."

کہنے لگے.

"اس قسم کی لغزشوں سے پوری فلم تباہ ہوجاتی ہے. دیکھ رہے ہو تم کہ انگریزی فلمیں بھی بعض اوقات کس قدر ناقص ہوتی ہیں."

میں نے فلم پر نظریں جماتے ہوئے کہا.

"ہوگا بھئی."

کہنے لگے

"اچھی کہی آپ نے ہوگا بھئی، ارے یہی باتیں دیکھنے کی ہوتی

ہیں تم سمجھتے بھی نہ ہو گے کہ فلم ڈائرکٹر صاحب کیا حماقت کر گئے ہیں۔"

ہم نے پھر عالم مدہوشی میں کہا۔

"ہوں۔"

کہنے لگے

"بات یہ ہے۔"

ہم نے کہا

"اچھا خیر فلم دیکھو۔"

ہمارا شانہ ہلا کر اور گردن زبردستی اپنی طرف پھیر کر بولے

"ان حضرت نے لغویت یہ کی ہے کہ جولیٹ کو تو دکھایا ہے کوٹھے کے اوپر اور رومیو کو دکھایا ہے کوٹھے کے نیچے باغ میں لیکن منظر ایسا ہے کہ دونوں کو ایک ہی سطح پر ہونا چاہیئے تھا۔"

میں نے غصے سے کہا

"پھر میں کیا کروں؟"

لیکن اب جو فلم دیکھتا ہوں تو وہاں تلوار چل رہی تھی خدا جانے اتنی دیر میں جانے کیا کیا ہو گیا جی میں آیا کہ بھائی مقصود کا منہ نوچ لوں کہ عین اسی وقت ان حضرت کو پھر شانہ ہلانے کی

ضرورت پیش آگئی۔ کہنے لگے۔

'یہ دیکھئے تلوار کی جنگ میں بھلا کشتی کا کونسا تُک ہے؟'

میں نے ڈانٹ کر کہا۔

'پھر آپ کا اجارہ؟'

کہنے لگے

'اجارہ تو خیر کچھ نہیں ہے۔ مگر تمہیں خدا کی قسم بتاؤ تو کہ اس میں کشتی کا کونسا تُک تھا؟'

اب میں نے فلم کو تو جہنم میں ڈال دیا اور اس ظالم بھائی مقصود کی طرف متوجہ ہو کر جس قدر گالیاں یاد تھیں سب ایک زبان میں دے ڈالیں۔ اور ان سے قطعی طور پر کہہ دیا کہ اگر تم نے اپنی اس حرکت کو نہ چھوڑا تو میں ابھی چلا جاؤں گا اور آئندہ کبھی تمہارے ساتھ اس طرح وقت برباد کرنے اور روپیہ ضائع کرنے نہ آؤں گا۔ لیکن اب جو اسکرین کی طرف دیکھتا ہوں تو ایک چڑیا چوں چوں میں "انٹرول" لئے کھڑی تھی جی چاہتا تھا کہ بھائی مقصود کی اور اپنی جان ایک کر دوں لیکن وہ اب میرے غصے کو سمجھ کر چپ تھے — اور تمام درمیانی وقفہ میں پھولے رہے حالانکہ اس وقفہ میں ان کو اختیار تھا کہ دل کھول کر تنقید کرتے جس طرح جی چاہے تبصرہ

کرتے اور جس قدر دل چاہتا بکتے لیکن ہم نے بھی ان کو منانے کی کوشش نہ کی اس۔ لئے کہ پھر وہ باقی نصف بھی دیکھنے نہ دیتے۔ انٹرول کے ختم ہونے کے بعد ہم دونوں اس طرح اپنی اپنی جگہ پر آکر بیٹھ گئے کہ ع

تم اپنا منہ ادھر کرلو ہم اپنا منہ ادھر کرلیں

اور نہایت سکون و اطمینان کے ساتھ فلم دیکھتے رہے لیکن بھائی مقصود اپنی عادت سے مجبور تھے، بار بار پہلو بدل رہے تھے اور ان کا دل بیتاب تھا کہ کسی طرح رائے زنی شروع کر دیں لیکن چونکہ ہم سے لڑائی ہو چکی تھی، لہٰذا ہم سے کچھ نہ کہہ سکتے تھے البتہ خود ہی کبھی تو مضحکہ خیز ہنسی ہنستے تھے کبھی خود ہی " لاحول ولاقوۃ" کہتے اور کبھی "ہشش" کہہ کر ناک بھوں چڑھا لیتے تھے۔ آخر ان سے نہ رہا گیا اور ایک موقع پر بے اختیار ہو کر کہنے لگے۔

"تم پھر کہو گے کہ میں بولتا ہوں مگر واللہ دیکھو تو یہ گدھا پن یہ لوگ فلم بناتے ہیں یا گھاس کھودتے ہیں۔" مجھ کو بھی ہنسی آگئی اور میں نے ہنس کر نہایت خوشامد سے ہاتھ جوڑ کر کہا "للہ اب آدھی ہی فلم دیکھ لینے دو۔"

کہنے لگے

"میں فلم دیکھنے کو تھوڑی منع کرتا ہوں، مگر ہاں یہ باتیں بھی تو نوٹ کرتے جاؤ۔"

میں نے ان کو مطمئن کرنے کے لئے کہا۔

"میں سب کر رہا ہوں۔" اور پھر تماشا دیکھنے میں مصروف ہو گیا کہ انہوں نے مجھ کو جھنجھوڑ کر نہایت جوش سے فرمایا۔

"بھئی واللہ کمال کر دیا۔ واہ واہ سبحان اللہ یہ کام صرف ایک انگریز یا امریکن ایکٹر ہی کر سکتا تھا۔ سمجھے تم' اس ظالم نے کیا کمال دکھایا ہے۔"

میں نے لاپرواہی سے کہا۔

"ہوسٹل چل کر سمجھیں گے۔"

سینہ پر ہاتھ رکھ کر گردن کو فلمانہ ادا سے جنبش دے کر بولے:

"بہت اچھا سرکار' آپ تو خفا ہی ہوئے جاتے ہیں سینما کیا دیکھتے ہیں کہ گویا لڑے مرے جاتے ہیں' میرا تو یہ مقصد ہے کہ اگر تم نے دام خراب کئے ہیں اور وقت برباد کیا ہے۔ تو کچھ حاصل بھی کر لو تم نہیں چاہتے تو جانے دو، ما بخیر و شما بسلامت۔"

میں چپ رہا کہ اس وقت ان کا اس طرح روٹھ جانا میرے

حق میں اچھا ہوگا۔ اور واقعی ان کے روٹھے رہنے سے ایک قسم کا سکون بھی تھا کہ پوری توجہ کے ساتھ فلم دیکھ رہا تھا گو کہ بھائی مقصود اس ڈرامہ کو میرے لئے مہمل بنا چکے تھے مگر چونکہ میں یہ ڈرامہ پڑھ چکا تھا۔ لہٰذا جو مناظر دیکھنے سے رہ گئے تھے ان کا سلسلہ یاد کر کے ملا لیا تھا اور اب فلم میری سمجھ میں آرہی تھی کہ یکایک بھائی مقصود کی برہمی ختم ہوگئی اور آپ پورے جوش و خروش کے ساتھ مجھ پر چھاپہ مار کر بولے۔

"دیکھا تم نے۔"

میں نے بجائے ان کو جواب دینے کے اپنی ٹوپی اٹھائی اور کھٹ پٹ کرتا ہوا سینما ہال سے باہر نکل آیا مقصود منہ کھولے اور آنکھیں پھاڑے ہوئے اپنی سیٹ پر ہی رہ گئے۔

ہم ہوسٹل پہنچ کر بار بار کان پکڑ کر توبہ کر چکے تھے کہ اب کبھی اس خبطی کے ساتھ سینما نہ جائیں گے، اور چارپائی پر لیٹے ہوئے آج کی تضیع اوقات پر خود ہی جل رہے تھے کہ سامنے سے بھائی مقصود اپنی نائٹ کیپ ہاتھ میں لئے ہوئے شرابیوں کی ڈگمگائی ہوئی چال میں آتے نظر آئے اور یکایک مجھ کو دیکھتے ہی ان کی چال چارلی چیپلن والی ہوگئی ان کو دیکھتے ہی ہنسی آگئی مگر

میں نے ان پر غصہ کا اظہار کرنے کے لئے اپنی ہنسی ضبط کر لی اور خاموش پڑا رہا۔ انہوں نے کمرے میں آ کر پہلے تو ڈگلس کی طرح اپنی ٹوپی دور ہی سے کھونٹی کی طرف پھینکی جو بجائے کھونٹی کے زمین پر گر کر تھوڑی سی پھولدار ہو گئی پھر پتلون کی جیب میں ہاتھ ڈال کر منہ سے سیٹی بجانے لگے۔ اس وقت وہ بالکل متحرک تصویر بنے ہوتے تھے میں خاموش تھا بلکہ ان کی طرف دیکھنا بھی نہ چاہتا تھا مگر انہوں نے خود ہی مجھ سے کہا۔

"تم بھی عجیب احمق ہو۔"

میں نے غصے سے جواب دیا۔

"میں معافی چاہتا ہوں۔"

کہنے لگے

"اوہو، طرہ یہ کہ آپ خفا ہیں؟"

میں نے کہا

"نہیں، میں فیصلہ کر چکا ہوں کہ آئندہ آپ کے ساتھ سینما نہ جاؤں گا۔"

کہنے لگے

اچھا تو اپنے ساتھ مجھ کو لے جایا کرتا ہے تو ایک ہی بات یہ

میں نے کہا۔

"میں سلسلہ کو سنجیدگی کے ساتھ ختم کر چکا ہوں اور اب اس مبحث پر کوئی گفتگو کرنا نہیں چاہتا۔"

کہنے لگے

"تمہاری یہ خفگی بالکل احمقانہ ہے۔ اور قصہ صرف یہ ہے کہ تم کو جولیٹ کا پارٹ کرنے والی ایکٹریس نے اس قدر مسحور کر لیا ہے کہ تم میری مخالفت نہ سُن سکے لیکن میں تم کو بتانا چاہتا ہوں کہ جولیٹ کے پارٹ میں بہت سی خامیاں تھیں اوّل تو......

میں فلسفہ کی ایک کتاب کے صفحہ ۲۱۵ کی گیارہویں سطر پر تھا کہ آخر مجھ کو بھائی مقصود کے لکچر کی آواز دبانے کے لئے بآواز بلند کتاب پڑھنا پڑی اور میں اپنے مقصد میں کامیاب بھی ہو گیا، اس لئے کہ بھائی مقصود بھی جھک مار کر چپ ہو گئے مگر وہ دن اور آج کا دن کہ ہم دونوں کبھی ساتھ سینما نہیں گئے بلکہ اگر کسی دن وہ سینما ہال میں نظر آجاتے تھے تو میں دو روپیہ کا ٹکٹ لئے ہوئے چار آنے والے درجے میں ڈر کے مارے گھس جاتا تھا۔ مجھ کو دراصل......

"چونی والوں کی تالیاں اور سیٹیاں گوارا تھیں مگر ان حضرت کی بکواس سے تو میری روح ہی کانپتی تھی۔

تعطیلات کلاں کے بعد کالج کا پہلا دن بالکل روز محشر کا نمونہ ہوتا ہے کہ ہر ایک نفسی نفسی پکارتا پھرتا ہے لیکن اللہ رے عشق صادق کہ اس دن بھی ہم اپنے بچھڑے دوست مقصود کے لئے دیوانہ وار ہر طرف آنکھیں پھاڑے اور آغوش شوق وا کئے ہوئے پھر رہے تھے کہ وہ مل جائے تو اس کو آنکھوں میں بٹھالیں اور کلیجہ سے لپٹا کر دل میں رکھ لیں۔ لیکن اس صبر آزما کا کہیں پتہ نہ تھا۔ ہمارا شوق اور تمام جوش وخروش یاس اور ناامیدی کی صورت میں تبدیل ہوا جاتا تھا کہ یکایک بم کے دھماکے کی طرح "السلام علیکم"

کہہ کر وہ ہم سے لپٹ گیا، ہم نے حیرت سے کہا۔

"مقصود؟"

کہنے لگے

"اچھے تو رہے، دبلے بہت ہو گئے ہو۔"

ہم نے کہا

"یہ کیا؟"

کہنے لگے

"یہ الحمدللہ کہ ڈاڑھی ہے۔"

ہم نے ان کی سر سید نما ڈاڑھی کو دیکھ کر کہا۔

"ڈاڑھی تو ہے۔ مگر یہ کیسے؟"

ڈاڑھی پر ہاتھ پھیر کر اور اس کو بٹیر کی طرح مٹھیا کر کہنے لگے۔

"کیوں کیا بری معلوم ہوتی ہے؟"

ہم نے کہا۔

"بری یا اچھی کا سوال نہیں۔ پہلے یہ بتاؤ کہ یہ اصلی ہے یا خریدی ہے؟"

سنجیدگی سے ہنس کر فرمایا۔

"ارے یار رہنے بھی دو اس غریب کو تم یہ بتاؤ کہ چھٹیاں کیسی گذریں؟"

میں نے مصر ہو کر کہا

"یہ تو سب بتائیں گے۔ پہلے اس ڈاڑھی کا حدود اربعہ، وجہ تسمیہ اور مقام وقوع وغیرہ سب کچھ ایک سرے سے بتا چلو۔"

آپ نے اپنی کھیتی پر ہاتھ پھیرا اور ایک فخر کے انداز میں بولے۔

"بھائی تم دیکھ رہے ہو کہ یہ ڈاڑھی ہے ظاہر ہے کہ میں نے رکھی ہوگی۔ اب یہ سوال ہے۔ کہ کیوں رکھی۔ تو اس کا جواب یہ ہے کہ میں ایک مرد مسلمان ہوں میرا فرض ہے کہ شریعت اسلامی کی پابندی کرتے ہوئے ڈاڑھی رکھوں۔ چنانچہ میں نے الحمدللہ کہ اس فرض کو محسوس کیا اور ڈاڑھی رکھ لی، بس۔"

میں نے ایک ٹھنڈی سانس بھر کر کہا۔

"ہاں صاحب خدا جس کو توفیق دے۔ وہی تمہاری طرح ہو سکتا ہے۔"

آپ نے انکساری کے ساتھ ڈاڑھی پر دست شفقت پھیرتے ہوئے گردن جھکا لی۔

تھوڑی ہی دیر میں بھائی مقصود کی ڈاڑھی کی خبر برقی لہر کی طرح تمام ہوسٹل میں پھیل گئی اور ہوسٹل کے تمام لڑکے اس عجیب و غریب چیز کو دیکھنے کے شوق میں ہمارے کمرے کے اندر اور باہر جمع ہو گئے۔ بیچ میں وہ بزرگ ترین ہستی تشریف فرما تھی جس کو سب بھائی مقصود کہتے ہیں، اور چاروں طرف ان کے معتقدین کا ہجوم تھا ایک نے کہا۔

"ڈاکٹر رابندر ناتھ ٹیگور۔"

دوسرا بولا۔

"بڑی مشکل سے ایک روپیہ میں ملی ہے۔"

تیسرے نے کہا۔

"بارش کے زمانے میں آرام رہے گا۔"

ایک اور آواز آئی۔

"خضاب کے بکس پر آپ کی تصویر دیکھی تھی۔"

کسی اور نے کہا۔

"ہم سب کو آج ہی آپ کے دستِ مبارک پر بیعت کرنا چاہیئے۔"

کوئی اور بولا۔

"اس کی کٹائی کا ٹھیکہ نیلام ہونے والا ہے۔"

اب بھائی مقصود سے ضبط نہ ہو سکا، آپ نے اپنی جھکی ہوئی گردن اٹھا کر غضب ناک نگاہوں سے چاروں طرف دیکھا اور پھر غصہ سے ہکلاتے ہوئے فرمایا۔

"آپ لوگوں کو شرم تو نہیں آتی اپنے مذہب کا مذاق اڑاتے ہوئے۔ اگر اپنے دین و ایمان کی پرواہ نہیں ہے تو کم سے کم دوسرے کے مذہبی جذبات کا خیال کیجیے یہ مضحکہ میرا نہیں ہے، بلکہ مذہب کا مضحکہ ہے۔ خدا اور رسول سے دل لگی ہے۔"

اس غضب ناک تقریر کے جواب میں ایک گونج جانے والے قہقہہ کی آواز بلند ہوئی اور بھائی مقصود کا چہرہ کوہ آتش فشاں بن گیا۔ انہوں نے منہ سے جھاگ اُڑاتے ہوئے کہا۔

"ڈاڑھی اور مونچھ منڈا کر زنانی صورت بنانے والے، مردوں کا مذاق اڑاتے ہوئے۔ کس قدر اچھے معلوم ہو رہے ہیں۔"

تمام کمرہ قہقہوں سے ہل گیا۔ مگر بھائی مقصود دیپک راگ کی طرح اپنی آتش بار تقریر فرما رہے تھے۔

"ڈاڑھی کا مضحکہ اور یہ زنانوں کا منہ لاحول ولاقوۃ، خدا

کے نور کی توہین اور یہ مسلمانوں کے بچے۔ استغفر اللہ......

شریعت اسلام کا مذاق اور یہ نام نہاد مسلمان نعوذ باللہ۔"

معلوم ہوا کہ قہقہے کمرہ کی چھت لے اڑے اور بھائی مقصود کی ڈاڑھی خود بخود کانپنے لگی انہوں نے گرج کر کہا۔

"میں اس دل آزار مذاق کے لئے تیار نہیں ہوں اور اگر آپ لوگ نہ مانے تو مجھ کو......"

"ڈاڑھی منڈوا دینا پڑے گی۔"

ایک آواز۔

"ڈاڑھی کون مونڈے گا۔ دیکھوں تو اس بڑے کی صورت۔"

بھائی مقصود نے اچک کر کہا۔

آواز آئی۔

"نائی، حجام، سیفٹی ریزر۔"

بھائی مقصود کا تمام جسم تھر تھرا رہا تھا اور شدت غیظ سے الفاظ بھی لوٹ لوٹ کر ادا ہو رہے تھے، آپ نے ڈاڑھی کو نوچنے کے انداز سے اپنے پنجے میں لے کر کہا: "بدتمیز.... نالائق کہیں کے...... لونڈے پن کے سوا اور کچھ ہے ہی نہیں...... بیہودہ نہیں تو...... اچھا آپ لوگ اس کمرے سے نکل جائیں

گیٹ آؤٹ۔"

شہاب نے کہا۔

"آخر اس میں بگڑنے کی کونسی بات ہے؟"

"بگڑنے کی کوئی بات ہی نہیں۔ سبحان اللہ یعنی ڈاڑھی کی کھلی توہین ہو اور کوئی بگڑے بھی نہیں۔"

بھائی مقصود نے آنکھوں میں آنکھیں ڈال کر کہا۔

شہاب نے ان کو چمکارتے ہوتے کہا۔

"ارے میاں آپس میں اس قسم کے مذاق ہوا ہی کرتے ہیں تم ڈاڑھی نہیں چھپر لگالو۔ مگر ہمارے لئے وہی مقصود ہوگے جو ہمیشہ تھے۔"

کہنے لگے

"جی نہیں۔ میں ڈاڑھی کے معاملے میں بالکل مذاق پسند نہیں کرتا یہ مذہبی معاملہ ہے۔"

میں نے کہا۔

"واقعی آپ لوگ اس مذاق کو ختم کر دیں اس لئے کہ ہمارے مولانا اس معاملہ میں حد سے زیادہ سنجیدہ ہیں اور یہ مذاق سنجیدہ ہو گیا تو اچھا نہ ہوگا۔"

بھائی مقصود نے کانپتے ہوئے ہاتھ بڑھا کر کہا۔

"آ...آ...آخر میں پو...پو...پوچھتا ہوں کہ کہ...کہ کیا یہی اک مذاق رہ گیا ہے۔ تو میں ہاتھ جوڑ کر معافی چاہتا ہوں میں باز آیا مذاق سے۔"

اس وقت تو خیر سب ایک ایک کر کے وہاں سے چلے گئے، لیکن اب بھائی مقصود کی ڈاڑھی ایک مستقل لطیفہ تھی اور یہ ناممکن کہ کوئی ان کو دیکھ کر ڈاڑھی پر بے ساختہ ہنس نہ دے اور ایک فقرہ نہ کسے، قدم قدم پر بھائی مقصود سے جنگ ہوتی تھی، اور ہر ہر منٹ پر کوئی نہ کوئی ان کی ڈاڑھی سے الجھ کر ان کے عتاب کا شکار ہوتا تھا۔ ہوسٹل سے کالج تک اور طالب علموں سے لے کر پروفیسروں تک حلقے میں ہر جگہ بھائی مقصود کی ڈاڑھی کی دھوم تھی اور یہاں ان کی ڈاڑھی روز افزوں ترقی کے ساتھ پھیلتی جاتی تھی کالج کے میگزین میں "چور کی ڈاڑھی میں تنکا" کے عنوان سے کسی نے ایک مضمون بھی لکھ مارا، جو بقول بھائی مقصود کے براہ راست ان ہی سے تعلق رکھتا تھا اور اگر وہ چاہتے تو مقدمہ چلا کر مضمون نگار سے لے کر ایڈیٹر، پرنٹر، پبلیشر، بلکہ میگزین بحق ملک معظم یا کم سے کم بحق ریش مقصود ضبط ہو سکتا، مگر ہم لوگوں کے

سمجھانے کی وجہ سے بھائی مقصود خاموش رہے لیکن باتیں ان کے بھی ضبط سے باہر تھیں کہ جب کلاس میں جاتے تو ان کی تصویر مع ڈاڑھی کے بلیک بورڈ پر موجود، لڑکے تو لڑکے استادوں کا یہ حال تھا کہ جب کبھی بھائی مقصود کو شرمندہ کرنا چاہتے تھے تو ہمیشہ یہی کہتے تھے "آپ اپنی حرکتوں کو دیکھئے اور اس ڈاڑھی کو" یونین کے جلسوں میں جب کبھی بھائی مستقصود پہنچ جاتے تھے تو سب تالیاں بجاکر اور کھڑے ہو کر آپ کا استقبال کرتے تھے۔ اور اس وقت تک ریشا تیل، ریشا تیل کے نعرے بلند ہوتے رہتے تھے جب تک کہ "آرڈر، آرڈر" کے نعرے مع ہاتھوں کے بلند ہو کر ان نعروں کو دبا نہیں دیتے تھے پھر اس پر طرّہ بھائی مقصود کا غصّہ تھا مختصر یہ کہ ایک عجیب ہنگامہ تھا جو بھائی مقصود کی ڈاڑھی نے ہر طرف برپا کر رکھا تھا اور سچ پوچھئے تو اب بھائی مقصود کا بھی ناک میں دم تھا، کبھی تو وہ ارادہ کرتے تھے کہ اب پڑھنا وڑھنا چھوڑ کر فقیری لے لیں، کبھی ان کا دل چاہتا تھا کہ اس کالج ہی کو چھوڑ دیں جس میں اس قدر نامعقول طالب علم بھرے ہوئے ہیں، اور غالباً کبھی کبھی وہ یہ سوچتے بھی ہوں گے کہ اس اپنے ہاتھ کے لگائے ہوئے پودے یعنی ڈاڑھی کو جو اپنے پورے

شباب پر پہنچ کر لہرا رہی تھی۔ جڑ سے اکھاڑ کر پھینک دیں۔ لیکن کچھ تو وضعداری کا پاس تھا اور کچھ ڈاڑھی کی (یعنی) اپنے کئے کی شرم کہ وہ برابر ڈاڑھی سے نباہ کر رہے تھے۔ ان کا اندازہ آپ کو بھی ہو گیا ہو گا۔ لیکن صبر کی ایک حد ہوتی ہے۔ اور جب صبر آزما حالات حد سے گذر جاتے ہیں تو مضبوط سے مضبوط کیرکٹر کا انسان متزلزل ہو جاتا ہے۔ یہی حال بھائی مقصود کا ہو گیا تھا کہ ایک طرف تو ڈاڑھی کے خلاف ایجی ٹیشن کا نہایت مردانگی سے مقابلہ کر رہے ہیں اور دوسری طرف ان کو ہر وقت یہ فکر تھی کہ آخر ہو گا کیا۔؟

ہم کو ان کی بدحواسی کا اندازہ تھا۔ لیکن چونکہ وہ اپنی بدحواسی کو ہم سے بھی چھپانے کی کوشش کر رہے تھے۔ لہٰذا ہم کو بھی اس معاملہ میں خاموش ہی رہنا چاہیئے تھا، اور ہم واقعی خاموشی کے ساتھ اس وقت کے منتظر تھے جب بھائی مقصود کے صبر کا پیالہ چھلک جائے۔ اور آخر کار وہ وقت آ ہی گیا، اور ایک دن رات کو ایک بجے کے قریب بھائی مقصود نے ہم کو جھنجھوڑ کر اُٹھا دیا۔

"کیا سو رہے ہو؟"

میں نے آنکھیں ملتے ہوئے کہا۔

"کیا ہے کوئی چور ہے۔"

چپکے سے کہنے لگے۔

"نہیں مجھ کو کچھ باتیں کرنا ہیں۔"

بہت ضروری، بالکل پرائیویٹ اور خاص قسم کی۔

میں نے جماہی لیتے ہوئے کہا۔

"غڑاپ ...... بسم اللہ۔"

کہنے لگے۔

"میرا تو ناطقہ بند کر رکھا ہے۔"

میں نے کہا۔

"ایک فلٹ کی پچکاری لے آؤ۔ بغیر اس کے مچھر مریں گے نہیں۔ اور ان کمبختوں سے تو ناطقہ ہی نہیں بند ہے بلکہ ہر وقت ملیریا کا بھی اندیشہ ہے۔ جس طرح تم اب جاگ اٹھے ہو ابھی کچھ دیر پہلے میں بھی جاگ رہا تھا۔"

جھڑک کر بولے۔

"میں کچھ کہہ رہا ہوں آپ کچھ سمجھ رہے ہیں۔ میں تو یہ کہہ رہا ہوں کہ ان کالج کے لونڈوں نے اچھا ناک میں دم کر رکھا ہے اور اب تو پروفیسر صاحبان بھی میری زندگی دشوار کئے ہوئے ہیں۔ ہر وقت ڈاڑھی کا طعنہ ہر وقت ڈاڑھی پر پھبتیاں۔ میری سمجھ میں تو کچھ نہیں

آتا کہ کیا کروں۔ کالج چھوڑ دوں تعلیم کو جہنم میں ڈالوں، ڈاڑھی سے ہاتھ دھولوں آخر کیا کروں۔ عقل کام نہیں دیتی تم ہی کچھ بتاؤ۔"

میں نے کہا۔

"اناللہ وانا الیہ راجعون۔ ارے ظالم اتنی سی بات کے لیے تم نے میری نیند حرام کر دی میں تو یہ سمجھا تھا کہ کوئی ڈاکہ پڑا ہے یا کوئی قتل ہو گیا ہے یا زلزلہ آیا ہے۔"

تعجب سے کہنے لگے۔

"اور یہ معاملہ کوئی معمولی ہے۔ آپ پر یہ مصیبت گذر رہی ہوتی تو آپ اس کی اہمیت کا اندازہ کر سکتے تھے۔ میں چاہتا ہوں کہ خدا کے لئے کوئی فیصلہ کن رائے دو تاکہ میں اس مصیبت سے نجات پاؤں۔"

میں نے انگڑائی لیتے ہوئے کہا۔

"اچھا تو صبح تک آنکھیں بند کر کے غور کرنے کا موقع دو، پھر کچھ مشورہ دیں گے۔"

کہنے لگے۔

"واللہ میں چارپائی الٹ دوں گا۔ اور خدا کی قسم سونے

نہ دوں گا ورنہ کوئی راستے دو۔"

میں نے جلدی سے کہا۔

"اچھا تو ڈاڑھی......"

بات کاٹ کر بولے۔

"کیا کہا۔ ڈاڑھی صاف کرا دوں؟ ناممکن ہے۔"

میں نے کہا۔

"تو پھر صبح کچھ اور بتائیں گے اس وقت یہی ایک ترکیب ذہن میں آئی تھی۔"

بھائی مقصود نے خلافِ عادت اس وقت معقولیت سے کام لیا، اور اپنی چارپائی پر جا کر لیٹ رہے اور ہم ادھر آنکھیں بند کر کے یہ جا اور وہ جا۔

صبح اُٹھے تو بھائی مقصود غسل خانہ میں ڈنڑ پیل رہے تھے ہماری آواز سنتے ہی برآمد ہو گئے، ہم نے ان کو دیکھتے ہی بے ساختگی سے چیخ کر کہا۔

"ایں۔"

وہ ایک ہاتھ میں ڈاڑھی لئے ہوئے اور دوسرا ہاتھ اپنے صاف کلّو ر پر پھیر رہے تھے، ہم اس طرح آنکھیں پھاڑے

ہوتے ان کو دیکھ رہے تھے کہ انہوں نے ڈاڑھی والے ہاتھ کو بلند کرتے ہوتے کہا۔

"اس کا خون کالج والوں کی گردن پر ہے اور تم بھی ان میں شامل ہو۔"

میں نے حیرت سے کہا۔

"یہ تم نے کیا کیا؟"

ڈاڑھی کی لاش بے کفن کو حیرت سے دیکھ کر بولے۔

"جو کچھ تم لوگوں نے چاہا وہ ہو گیا۔ جو خدا کو منظور تھا وہ ہوا۔"

میں نے کہا۔

"اب تو اور بھی مذاق اڑے گا۔"

غصہ سے سرخ ہو کر بولے۔

"اچھا مذاق ہے کہ نہ مرتے چین نہ جیتے چین، اب اگر مذاق ہوا تو جانتے ہو کہ میں بھی پٹھان ہوں۔ اور میرے بھی جسم میں خون ہے اور اس خون میں افغانانہ جوش موجود ہے۔"

میں نے کہا۔

"خاں صاحب یہ تو صحیح ہے مگر......"

کہنے لگے۔

"اب اگر مگر کچھ نہیں جو تم نے رات کو مشورہ دیا تھا اور جو تم سب کا متفقہ مطالبہ تھا وہ بھی ہو گیا۔"

میں واقعی بُت بنا کھڑا تھا اور مجھ کو آنکھوں سے دیکھنے کے باوجود یقین نہ آتا تھا کہ بھائی مقصود کی ڈاڑھی اس طرح خواب و خیال ہو گئی۔ بھائی مقصود مرحومہ کو مٹھی میں لئے ہوئے حسرت سے دیکھ دیکھ کر سہلا رہے تھے کہ اس حادثہ کی اطلاع ہوسٹل بھر میں پہونچ گئی اور جو شخص جس طرح بیٹھا ہوا تھا اسی طرح کمرے میں شریک غم ہو گیا۔ اس دن بھائی مقصود سے جو جو چہلیں چلی ہیں ان کا ذکر کرنا ہی فضول ہے لیکن شام تک ہوسٹل کے نصف طلباء نے سیاہ بلے بازوں میں لگا کر ڈاڑھی کے غم میں ایک جلسۂ تعزیت منعقد کر دیا جس میں بھائی مقصود سے اظہار ہمدردی کیا گیا اور ڈاڑھی کی مغفرت کے لئے دعا لیکن ان دونوں جلسوں سے بھائی مقصود اس قدر متاثر ہوئے کہ دوسرے ہی دن سے چھٹی لے کر اپنے حجرے میں معتکف ہو گئے اور چھٹی کے بعد حجرۂ اعتکاف سے نکلے ہیں تو ڈاڑھی مرحومہ کا نعم البدل ان کے چہرہ پر موجود تھا۔

ڈاکٹر انصاری کی تقریر کا سب سے زیادہ اثر بھائی مقصو
پر ہوا کہ ہم لوگ "ہائیں ہائیں" کرتے رہ گئے اور وہ تیر کی طرح
اسٹیج پر پہنچ کر ٹوپی، شیروانی، کرتا وغیرہ اتار اتار کر پھینکنے لگے
اور ایک کھدر کی تہبند باندھ کر پاجامہ بھی فوراً اتار کر پھینک دیا
اور کہنے کہ یہ بدیسی کپڑے کا بنا ہوا تھا۔ اس کے بعد انہوں
نے ایک خاص جذبے کے ماتحت نہایت موثر تقریر کی تھی جس کا
صرف یہ حصہ ہم کو اس وقت بھی یاد تھا اور اب بھی یاد ہے۔

"میں صرف کالج کے طالب علموں کے لئے ایک نمونہ بنا ہوں

وہ مجھ کو دیکھ کر سبق (درس عبرت) لیں اور سودیشی کی ترویج میں اپنے فرائض کو محسوس کریں۔"

اس واقعہ کے بعد سے بھائی مقصود ایک عذاب الٰہی تھے جو کالج پر عموماً ہوسٹل پر خصوصاً اور ہم پر خاص الخاص طریقہ پر نازل کیا گیا ہو۔ ہر وقت یہی سودیشی اور بدیشی کا جھگڑا تھا۔ اور وہ کسی وقت بھی کھدر کے پرچار سے باز نہیں آتے تھے ان کو سب سے زیادہ شکایت اس خاکسار سے تھی کہ ہر وقت کی نصیحت کے باوجود ہم اب تک کھدر پوش کیوں نہ ہوتے تھے اور ہمارے لئے یہ مصیبت تھی کہ اب اگر ہم خود بھی بدیشی کے مقابلے میں سودیشی کے حامی ہو جاتے ہیں تو محض اس لئے کھدر وغیرہ نہیں پہن سکتے تھے کہ بھائی مقصود پہن رہے تھے اور ان کے پہن لینے کے بعد جو شخص بھی کھدر پہنتا اس کو دنیا تو خیر جو کچھ سمجھتی وہ سمجھتی لیکن بھائی مقصود اپنا براہِ راست چیلہ ضرور سمجھ لیتے اور گاندھی جی اس معاملہ میں منہ دیکھ دیکھ کر رہ جاتے وہ کھدر پرچار محض اسی وجہ سے کر رہے تھے کہ کم سے کم اسی معاملہ میں اوّلیت کا سہرا ان کے سر رہے اور باقی تمام ہوسٹل والے ان کے ہم جماعت طالبعلم ان کو اپنا قائدا عظم سمجھ لیں ورنہ کیا وجہ تھی کہ وہ کبڑی بڑھیا کی طرح

یہ چاہتے تھے کہ اگر خود کبڑے ہو گئے ہیں تو اپنے تمام ساتھیوں کو کبڑا کر دیں۔

بہرحال جو کچھ بھی ہو لیکن وہ ایک نہایت سرگرم قومی آدمی بن گئے تھے۔ اور یہ تو خیر وقت کی بات ہے ورنہ سچ پوچھئے تو ان کو کانگریس کا صدر ہونا چاہیے تھا مقامی کانگریس کمیٹی کا صدر نہیں کمیٹی کے صدر منتخب ہونے کا حق اب براہ راست بجائی مقصود کو پہنچ رہا تھا۔ اور واقعی یہ ان کا ایثار تھا کہ وہ اپنے ہوتے ہوئے پنڈت جواہر لال نہرو، سردار ولبھ بھائی پٹیل ڈاکٹر انصاری مسز سروجنی نائیڈو وغیرہ کو صدر ہوتا ہوا دیکھتے تھے اور چپ تھے۔

ان کے اس قومی انہماک کا یہ عالم تھا کہ پہلے تو خدا جانے وہ صبح اٹھ کر کلمہ پڑھتے بھی تھے یا نہیں لیکن اب تو آنکھ کھلتے ہی "انقلاب زندہ باد" کا نعرہ بلند کرتے تھے اور اس کے بعد ہی ضروریات سے فارغ ہو کر بجائے نماز پڑھنے یا مطالعہ کرنے کے چرخہ لے کر بیٹھ جاتے تھے۔ اور اس سودیشی عبادت میں دوپہر کر دیتے تھے اس کے بعد کلیجہ پر پتھر رکھ کر بقول خود تضیع اوقات کے لئے کالج جاتے تھے۔ اور وہاں تمام وقت اسی سودیشی پرچار میں صرف کرتے تھے کہ جب دیکھئے دس پانچ لڑکوں کے غول میں کھڑے ہوئے

حصول سوراج کے امکانات پر لکچر دے رہے ہیں یا کسی ولایتی کپڑا پہننے والے طالب علم کو برا بھلا کہہ رہے ہیں کالج سے واپسی پر رہی چرخہ والا وظیفہ اور رات کو سودیشی تقریروں سے ہمارے دماغ کو چرخہ بنانے کی کوشش رات کو سونے کے بعد کا ہم کو کچھ علم نہیں، البتہ خیال یہی ہے کہ اپنی صدارت کانگریس کے خواب دیکھتے ہوں گے۔

ہم کو بھائی مقصود سے زیادہ اپنے اوپر تعجب تھا کہ ہم بھائی مقصود کے حالات کے ماتحت اب تک کس طرح زندہ تھے — حالات یہ تھے کہ نہ وہ ظالم خود پڑھتا تھا نہ ہم کو پڑھنے دیتا تھا، نہ خود اس کو چرخے کے علاوہ کسی مشغلہ سے دلچسپی تھی نہ ہم کو دلچسپی لینے دیتا تھا۔ بس ان کا تو دل یہی چاہتا تھا کہ ہم بھی ان کی نقل مطابق اصل بن کر ان کی طرح کہیں کے بھی نہ رہیں۔ کتاب لے کر بیٹھے تو انہوں نے چرخہ چلاتے ہوئے کہا۔

"کیا پڑھ رہے ہو؟"

ہم نے کہا

"ہاں پھر؟"

طنز کے ساتھ ہنس کر فرمایا۔

"کچھ نہیں، مگر میں یہ پوچھتا ہوں کہ آخر اس ناقص تعلیم کا کیا نتیجہ ہے۔"

میں نے اس سمندر کی طرح طویل بحث کو کوزہ میں بند کر کے کہا۔ "امتحان قریب ہے۔"

کہنے لگے۔

"بفرضِ محال آپ امتحان میں کامیاب بھی ہو گئے تو کیا کیجئے گا۔"

میں نے کہا۔

"ڈپٹی کلکٹری اور اس کے بعد اپنے اجلاس سے تم کو زیرِ دفعہ ۱۷ (الف) قانون ترمیم فوجداری ۶ ماہ قید سخت اور سو روپیہ جرمانہ یا عدم ادائیگی جرمانہ کی صورت میں ۳ ماہ قید مزید کی سزا دوں گا۔"

سنجیدگی سے کہنے لگے۔

"تم کو اپنے ان الفاظ پر شرم سے ڈوب مرنا چاہیئے اور مجھ کو فخر کرنا چاہیئے کہ میں مادرِ وطن کی خدمت میں جیل جاؤں گا اور ملک و قوم کے لئے قید و بند کے مصائب برداشت کروں گا۔"

میں نے کہا۔

"تو میری سمجھ میں نہیں آتا کہ آپ کالج میں کیوں وقت برباد کر رہے ہیں، گاندھی جی کے آشرم میں جا کر چرخہ چلایئے یا تاڑی کی دکان پر دھرنا دے کر مزے سے جیل جایئے۔"

کہنے لگے۔

سچ کہتے ہو مگر میں اپنے والدین کو ابھی ہموار نہیں کر سکا ہوں اور یقین جانو کہ جس دن میں اپنے والدین کو سمجھانے میں کامیاب ہو گیا اسی دن میدان میں آ کر تم کو دکھا دوں گا کہ وطن کے خادم اور آزادی کے شیدائی دنیا کے تمام مصائب کو کھیل سمجھتے ہیں۔"

میں نے عاجزی سے کہا۔

"تو بھائی کم سے کم اس وقت تک تو مجھ کو بھی آزادی سے پڑھ لینے دو تمہارے والدین تو شاید تمہارے سمجھانے سے سمجھ بھی جائیں لیکن میرے والدین تو کچھ اس قسم کے واقع ہوتے ہیں کہ اگر میں فیل ہو گیا تو گھر ہی سے نکال دیں گے۔ اور پھر میں کہیں کا بھی نہ رہوں گا۔"

کہنے لگے۔

"نہیں تو تم کو پڑھنے کے لئے بالکل منع نہیں کرتا۔"

یہ کہہ کر وہ تو چرخہ چلانے لگے اور میں نے پڑھنا شروع

کر دیا۔ ابھی ایک صفحہ بھی مشکل سے پڑھا ہوگا کہ آپ نے گانا شروع کر دیا۔

چرخہ کا تو بیڑا پار ہے۔"

ہاں گوئیاں —— چرخہ

میں نے کتاب اٹھا کر ایک طرف پھینک دی اور اس خیال سے کمرے سے باہر نکل گیا کہ اسی وقت کسی دوسرے کمرے میں رہنے کا انتظام کر وں گا، ہوسٹل کے تمام لڑکے کتابیں چاٹنے میں مصروف تھے اور میں تھا کہ خانہ بدوشوں کی طرح گوشۂ امن کی جستجو میں ادھر ادھر مارا پھر رہا تھا۔ یہ قیمتی وقت یہ نازک موقع، یہ امتحان کی گھڑیاں اور اس زمانے میں اس ظالم بھائی مقصود کے یہ مظالم۔ دل چاہتا تھا کہ اس موذی کو گولی مار کر پھانسی پر چڑھ جائیں یا خودکشی کر لیں ہم کو کون اپنے کمرے میں جگہ دیتا اور کس کی شامت آئی تھی کہ وہ ہمارے بجائے بھائی مقصود کے ساتھ رہنے پر تیار ہو جاتا۔

مختصر یہ کہ اس معاملہ میں کسی نے بھی ہمارے لیے یہ عظیم الشان ایثار نہ کیا۔ البتہ شاہد نے صرف اس قدر کہا کہ وہ بھائی مقصود کو سمجھائیں گے اور سمجھانے گئے تو خود مصیبت میں

گرفتار ہو گئے۔ انہوں نے کہا۔

"یہ کیا واہیات ہے۔"

جواب میں بھائی مقصود نے اپنی شروع کر دی۔

"یہ تو خیر سب کچھ واہیات ہے لیکن آپ کو شرم آنی چاہیے آپ ولائتی کپڑا پہن کر اپنے ملک کو خود غلامی کی زنجیروں میں جکڑ رہے ہیں۔"

شاہد نے کہا۔

"بھائی میں تو ولایتی نہیں دیسی کپڑا پہنے ہوئے ہوں۔"

کہنے لگے

"یہ کچھ نہیں ہاتھ کا کاتا اور ہاتھ کا بُنا ہوا ہونا چاہیئے۔"

شاہد کے منہ سے نکل گیا کہ مانو یا نہ مانو میں تو کہوں گا کہ یہ تمہاری شدت پسندی ہے۔

اس کے جواب میں بھائی مقصود نے وہ پُرجوش اور دھواں دھار تقریر کی کہ آس پاس کے کمروں سے تمام لڑکے نکل کر ہمارے کمرے میں جمع ہو گئے اور ان کو دیکھ کر بھائی مقصود نے اور بھی پُرجوش تقریر شروع کر دی یہاں تک کہ آخر کار سب کو طے کرنا پڑا کہ آج ہی سہ پہر کو ہوسٹل میں ایک جلسہ کیا جائے جس میں بھائی مقصو

سودیشی کے فوائد پر تقریر کریں یہ تجویز سنجیدگی کے ساتھ پیش کی گئی تھی لہٰذا تھوڑے بہت انکسار کے بعد بھائی صاحب موصوف تیار ہوگئے اور لڑکوں نے اپنا مطالعہ چھوڑ کر جلسہ کی تیاریاں شروع کردیں ہوسٹل کے تمام طالب علموں کو اطلاع کی گئی جلسہ گاہ بنایا گیا صدر کا نام تجویز ہوا اور تمام انتظامات سہ پہر تک مکمل ہوگئے اور ادھر بھائی مقصود بھی کیل کانٹے سے لیس ہو چکے تھے۔

مختصر یہ کہ مقررہ وقت پر جلسہ گاہ میں جب حاضرین جمع ہوگئے تو بھائی مقصود کو بلایا گیا جو اپنے موٹے سے کھدر کے لباس میں چپل پہنے ہوتے رئیس الاحرار یا شہریان بلکہ تمام مہاتما بنے ہوتے جلسہ گاہ میں پہنچے اور ان کے پہونچتے ہی تمام حاضرین جلسہ نے خوش ہوکر "اللہ اکبر، مولانا مقصود زندہ باد، مہاتما مقصود سرنگوں باد، ٹوڈی بچہ ہائے ہائے" کے فلک شگاف نعروں سے آپ کا خیر مقدم کیا۔ اور آپ تمام حاضرین کو دونوں ہاتھوں سے سلام کرتے ہوتے اسٹیج پر پہونچ گئے سب سے پہلے شاہد نے کھڑے ہوکر صدارت کے لئے میرا نام پیش کیا جس کی تائید محمود اور اقبال نے کی اور خود میں نے اسٹیج پر پہنچ کر اس عزت افزائی کا شکریہ ادا کیا۔ سعود نے ایک زرتار ہار بھائی مقصود کو اور ایک پھولوں کا ہار خاکسار کو پہنایا

جس کے بعد تالیوں سے جلسہ گاہ گونج اٹھی۔

میں نے سب سے پہلے کھڑے ہو کر معزز مقرر کا تعارف حاضرین سے کرایا اور اس کے بعد "اللہ اکبر، لوڈی بچہ باتے ہائے، بھائی مقصود کی جے، زندہ باد بندے ماترم، انقلاب زندہ باد، مولانا مقصود کی جے" کے نعرے اور تالیوں کی گونج کے درمیان بھائی مقصود اپنی ڈاڑھی پر ہاتھ پھیرتے ہوتے کھڑے ہوئے اور جب حاضرین کا جوش عقیدت سکون پذیر ہوا تو آپ نے گلا صاف کرتے ہوئے کھنکھار کر فرمایا۔

"معزز حاضرین و جناب صدر!

اس سے قبل کہ میں اصل موضوع پر کچھ کہوں مجھ کو آپ حضرات کا ممنون ہونا چاہیئے کہ آپ نے مجھ ایسے ہیچمداں کو یہ عزت بخشی ہے اور میں آپ کی اس اسپرٹ کی داد دیئے بغیر نہیں رہ سکتا کہ آپ نے اس قسم کی تقریر کی ضرورت محسوس کی۔ آپ کے اس احساس سے مجھ کو یہ بھی امید ہے کہ آپ میں وہ احساس بھی جلد تر پیدا ہو جائے گا جو آپ کو ملک و قوم کے لئے مفید بنا سکے اور آپ وطن کی خدمت کے لئے میدان عمل میں آئیں گے، رہ گیا میں تو میرا یہی مقصد ہے سے

شعلۂ آہ سے اک آگ لگانا ہے مجھے
خود بھی جلتا ہوں قفس کو بھی جلانا ہے مجھے

واہ واہ، سبحان اللہ، سبحان اللہ، کے نعرے۔ لیکن میں آپ حضرات سے بھی یہی کہتا ہوں کہ

کھیتوں کو دے لو پانی اب بہہ رہی ہے گنگا
کچھ کر لو نوجوانو اٹھتی جوانیاں ہیں

خوب، بہت خوب، مکرر ارشاد کے نعرے۔ آپ جوان ہیں ملک کا مستقبل آپ کے ہاتھ میں ہے، آپ ہی کو ملک کی آزادی کے لطف اٹھانے ہیں۔ اور آپ ہی اپنے وطن کو غلامی کی زنجیروں سے آزاد کرائیں گے مجھ کو معلوم ہے اور میں جانتا ہوں کہ آپ طالب علم ہیں اور آپ اپنے تعلیمی مشاغل کے ساتھ ساتھ کوئی عملی خدمت انجام نہیں دے سکتے لیکن میں آپ سے یہ نہیں کہتا کہ آپ نمک بنائیں یا پکٹنگ کریں یا جلوس کی قیادت کریں یا جلسوں میں تقریریں کریں یا گرفتار ہو جائیں یا جیل چلے جائیں، بلکہ میں آپ سے صرف ایک خدمتِ وطن کے لئے استدعا کرتا ہوں جس کو آپ تعلیم کے ساتھ ساتھ انجام دے سکتے ہیں اور وہ خدمت صرف یہ ہے کہ بدیشی اشیاء کا استعمال ترک کر کے سودیشی اشیاء کا استعمال

شروع کردیں اور اسی طرح اپنی ملکی صنعت کو فروغ دیں (چیرز) آپ کے جسم کھدر کے عادی نہیں ہیں۔ آپ کے پیر چپل کے خوگر نہیں ہیں، آپ سگریٹ اور سگار کی جگہ بیڑی نہیں پی سکتے۔

یہ سب کچھ صحیح ہے مگر کیا آپ اپنے ملک کو آزاد کرانے کے لئے اس قدر بھی نہیں کر سکتے۔ اگر آپ یہ حقیر قربانی بھی نہیں کرسکتے تو۔

تفو بر تو اے چرخ نیلی تفو

(چیرز، چیرز، چیرز) آپ کو معلوم ہے کہ آپ کون ہیں ——

(آواز جولاہے) ہاں بے شک جولاہے ہیں بلکہ جولاہے سے بھی بدتر۔ جولاہے کم سے کم اپنی ملکی صنعت کو تو برقرار رکھے ہوتے ہیں آپ تو یہ بھی نہ کرسکے یعنی

اے روسیاہ تجھ سے تو یہ بھی نہ ہو سکا

(چیرز) لیکن آپ کو معلوم ہے کہ آپ جولاہوں پر اپنے بھائیوں پر کس قدر ظلم ڈھا رہے ہیں؟ نہیں آپ کو نہیں معلوم، آہ! اگر آپ کو معلوم ہوتا تو آپ ہرگز یہ ظلم نہ کرتے کہ خود تو لنکا شائر اور مانچسٹر کے کپڑے استعمال کر کے ان کارخانوں کو اپنے روپیہ سے مالا مال کردیتے اور خود ہمارے پیارے بھائی جولاہے (قہقہہ) فاقوں مرتے، افسوس صد افسوس۔

سعدی از دست خونشین فریاد

اگر آپ ولایتی کپڑا نہ پہنیں تو آپ کو معلوم ہے کیا ہو؟ ولایتی کارخانے لوٹ جائیں، ولایتی مزدور مر جائیں سرکاری کارخانے خالی ہو جائیں، برطانیہ میں قیامت آجائے حکومت فاقہ مست ہو جائے۔ پارلیمنٹ کے ممبران دربدر بھیگ مانگتے پھریں، انگریزی سرمایہ داروں کا دیوالیہ نکل جاتے اور خدا جانے کیا کیا ہو جاتے۔

(چیئرز، اگر آپ صرف کھدر پہنتے اور میری طرح چرخہ چلاتے تو نہ گول میز کانفرنس کی ضرورت تھی اور نہ کسی توتو میں میں کی۔ صرف یہی چرخہ اور کھدر سوراج دلوا دیتا۔ حالانکہ میں دعویٰ کر کے کہتا ہوں۔

(میز پر گھونسہ مار کر)

اور میرے یہ الفاظ اٹل ہیں۔

(آستینیں چڑھا کر)

کہ ہندوستان اب غلام نہیں رہ سکتا۔ اور اس کو میرے ایسے جانباز آزاد کر کے رہیں گے۔

(چیئرز اور قہقہے)

میں نہیں سمجھ سکتا کہ آپ حضرات کیوں ہنستے ہیں۔ کیا آپ کو

ہندوستان کی آزادی میں کوئی شک ہے ؟

(آواز ہر گز نہیں ۔ دریں چہ شک)

ہندوستان کی غلامی کا دور عالم نزع میں ہے اور... ہوسٹل کے وارڈن صاحب نے عین اسی وقت نازل ہو کر سارا مزہ کرکرا کر دیا اور (آرڈر پلیز) کے نعرے نے جلسگاہ کو قبرستان بنا دیا۔ بھائی مقصود کو تو معلوم ہوتا تھا کہ سانپ سونگھ گیا۔ لیکن جناب صدر یعنی یہ خاکسار بھی کرسی صدارت کے نیچے ہی نظر آتا تھا، مگر خیریت یہ ہوئی کہ وارڈن صاحب اپنی نیکی یا عقلمندی سے جلسہ کی نوعیت کو نہ سمجھ سکے ورنہ اور آفت آتی۔

غالباً اس کے بعد یہ کہنے کی ضرورت نہیں کہ بھائی مقصود امتحان میں بیٹھ کر شاندار نمبروں سے فیل ہوتے اور ہم کو اپنے اوپر تعجب ہے کیونکر رعایتی درجہ پا سکے۔

بہرحال بھائی مقصود کے جذبۂ قومی یا جذبۂ ناکامی نے ان کی تعلیم چرخہ کی نذر کر دی اور ظالم آسمان نے ان کو ہم سے چھین کر چھڑا دیا

خاک ایسی زندگی پہ ہم کہیں اور وہ کہیں

بھائی مقصود جیسے کچھ بھی تھے لیکن یہ واقعہ ہے کہ ان کے دم سے رونق ضرور تھی اور ان کے کالج چھوڑنے کے بعد سے کالج سے لے کر ہوسٹل تک ہر جگہ اُلّو بولتا ہوا محسوس ہوتا تھا نہ وہ چہل پہل تھی نہ وہ گرمی نہ وہ زندہ دلی باقی رہ گئی تھی اور نہ وہ دلچسپی خصوصاً ہمارے لئے کالج بالکل ہی تاریک ہو گیا تھا کہ پڑھا لکھا کھایا پیا اور منہ لپیٹ کر پڑے رہے۔ اب کس سے بات بات پر الجھتے، کس کی باتوں سے بے ساختہ ہنسی آتی، کس کی مونڈن کی دعوت کھاتے اور کس کو لیڈر بنا کر جلسے منعقد کرتے معلوم یہ ہوتا تھا کہ

بھائی مقصود اپنے ساتھ ہی کالج کی زندگی بھی لیتے گئے ہیں، اور اب کالج سوائے مرگھٹ کے کچھ بھی نہیں ہے۔

بھائی مقصود سے خط و کتابت تھی اور ان کے خطوط ہی سے دلچسپی لی جاتی تھی کہ جب کبھی ان کا والہ نامہ صادر ہوتا تھا تمام ہوسٹل کے طالب علموں کو یکجا کر کے سُنایا جاتا تھا اور پھر سب ریزولیوشن کی صورت میں متفقہ طور پر خط کا مضمون پاس کرتے تھے جو ان کو لکھا جاتا تھا۔

بھائی مقصود کے خطوط سے یہ تو معلوم ہو ہی چکا تھا کہ وہ تجارت کی طرف رجوع ہو رہے ہیں۔ لیکن ابھی ہم یہ سمجھنے سے قاصر تھے کہ وہ کیا کاروبار کرنے والے ہیں، اس لئے کہ کبھی وہ اپنے خط میں اسکیم مفصل اور واضح طور پر لکھتے تھے اور کبھی موٹر سروس کے تمام نشیب و فراز سے ان کا مکتوب گرامی بھرا ہوتا تھا ایک خط میں اینٹوں کے بھٹہ کا کچھ ذکر تھا اور اس کے منافع کی حوصلہ افزا تفصیل لیکن ہم آخری خط میں انہوں نے لکھا تھا کہ ایک لیتھو پریس خرید رہے ہیں اور مطبع کھولنے کا ارادہ ہے بہرحال ان تمام باتوں سے صرف یہ نتیجہ نکلتا تھا کہ ان کا ارادہ ملازمت کا نہیں ہے اور وہ جو کچھ بھی کریں گے اس کا تعلق تجارت سے ہوگا۔ آخری خط میں انہوں نے

بڑے دن کی تعطیل میں اس خاکسار کو نہایت اصرار کے ساتھ مدعو بھی کیا تھا لیکن ہم نے ان کو لکھ دیا تھا کہ وہ خود ہمارے گھر آئیں۔ اسی لئے کہ بڑے دن کی تعطیل میں ہمارا گھر جانا ضروری ہے۔ بڑے بھائی کی شادی ہے اور اس تقریب میں آپ کو بھی جس طرح ممکن ہو شریک ہونا پڑے گا اسی بہانے سے ملاقات ہو جائے گی۔

بھائی مقصود کے اور ہمارے تعلقات ایسے نہ تھے کہ ہمارے بھائی کی شادی میں نہ آتے چنانچہ وہ آئے اور بیچ کھیت آئے ان کی تشریف آوری سے ہمارے خاندان کی جو کچھ عزت افزائی ہوئی اسکا تو خیر کوئی ذکر ہی نہیں لیکن خود ہم کو جس قدر مسرت ہوئی اس کا اندازہ خود نہیں کر سکتے۔

بھائی مقصود بالکل وہی تھے وہی ڈاڑھی وہی تیور وہی کھدر وہی چپل، لیکن سنجیدگی ضرورت سے زیادہ بڑھ گئی تھی۔ اور معلوم یہ ہوتا تھا کہ زمانے کے گرم و سرد نے ان کو ٹھوک پیٹ کر کچھ ہموار کر دیا ہے تمام دن ہم انتظامات میں ایسے مصروف رہے کہ ان سے بات کرنے کا موقع نہ ملا بات کی تو معلوم ہوا کہ اللہ اکبر یہ شخص کتنا بڑا تجارتی انسان ہے ہم نے ان سے صرف یہ پوچھا: "اب کیا ارادہ ہے"؟ کہ انہوں نے اپنی تمام اسکیمیں اُگل دیں منڈے سر پر ہاتھ پھیر کر نہایت تجربہ کارانہ انداز

سے کہنے لگے۔

' میرا ارادہ تجارت کا ہے اور بھائی تم کو تو اندازہ ہوا ہی ہوگا کہ میں قدرتی طور پر تاجر واقع ہوا ہوں ہمیشہ سے میری طبیعت کو تجارت سے لگاؤ ہے لیکن میں تجارت کے معاملہ میں بہت بلند خیالات ہوں یہ نہیں کہ آٹے دال کی دکان رکھ کر بیٹھ گئے اور سمجھنے لگے کہ ہم تاجر ہیں دراصل یہ تجارت نہیں بلکہ تجارت کی توہین ہے۔ تجارت تو سلطنت کی تمہید ہوتی ہے اب تم خود ہی دیکھو کہ انگریزوں کی حکومت کی ابتدا کیسی تھی ، یہی تجارت نا ، کہو ! ہاں ! تو بھائی میں تو تجارت اس کو سمجھتا ہوں یہی وجہ ہے کہ ابتک میں کوئی کام شروع نہیں کرسکا تجویزیں ذہن میں آتی ہیں لیکن جب ان تجاویز کی تفصیل پر غور کرتا ہوں تو وہ ناقابل عمل بن کر حوصلے پست کردیتی ہیں مثلاً تم ہی دیکھو کر ابھی تین چار دن ہوئے ایک ترکیب بالکل الہامی طریقہ پر میرے ذہن میں آئی کہ ایک ایسی ایجنسی قائم کی جائے جس میں ملازمت ڈھونڈنے والوں کو ملازمت دلانے میں مدد دی جائے ، اور ملازمت رکھنے والوں کو ملازم مہیا کرنے میں امداد ، اس کا طریقہ یہ ہوگا کہ ہم اشتہار دے دیں کہ ہم ضرورت مندوں کو ملازمت دلاتے ہیں اور بہترین ملازموں کا انتظام کرتے ہیں۔ اس اشتہار کا یہ نتیجہ ہوگا کہ ایک طرف تو

ادنیٰ سے ادنیٰ اور اعلیٰ سے اعلیٰ ملازمت کے متلاشی ہماری خدمت حاصل کریں گے ، اور کسی کو چپراسی کی ضرورت ہو گی تو ہم سے کہے گا اگر کسی کو کلرک ، مختار ، خزانچی ، ایڈیٹر ، منیجر ، ایجنٹ ، سیکریٹری ، ٹائپسٹ وغیرہ وغیرہ کی ضرورت ہو گی تو ہماری ہی خدمات حاصل کرے گا ، اس میں ہمارا یہ فائدہ ہو گا کہ ہم دونوں سے کمیشن لیں گے ، ایک سے ملازم دلوانے کا اور دوسرے کو ...... ملازمت ، حالانکہ ہم کو کچھ کرنا دھرنا نہیں پڑے گا ۔ دونوں کی درخواستیں ہمارے پاس موجود ہوں گی ۔ بس سلسلہ ملانا ہمارا کام ہے ۔ بتاؤ یہ کیسی لاجواب ترکیب ہے ۔"

ہم نے اخلاقاً گردن ہلا کر تائید کی تو وہ اپنی چارپائی سے اُچک کر گویا ہم پر چڑھ بیٹھے اور ران پر ہاتھ مار کر کہنے لگے ۔

" یار یہ تو ایسی ترکیب ہے کہ اگر اس کو ترقی دی گئی تو ہماری ایجنسی نہ صرف صوبہ کی بلکہ تمام ملک کی واحد ایجنسی ہو گی ۔ پھر غیر ممالک سے بھی تجارتی تعلقات قائم ہو سکتے ہیں ۔"

ہم نے کہا ۔

" تو پھر تم سوچتے کیا ہو ، بسم اللہ کرو ترکیب تو اچھی ہے ۔"

منہ چڑھا کر کہنے لگے ۔

یہی تو تم سمجھ نہیں سکتے اور واقعی تم کیسے سمجھو تم کو تجارت کا کیا تجربہ ہے۔ اس کو میں ہی خوب جانتا ہوں، بات اصل میں یہ ہے کہ اس کے لئے ضرورت ہے مبلغ علیہ السلام اور وہ بھی اسقدر زیادہ کہ میں اگر سات مرتبہ بھی مر کر جیوں تو اسقدر روپیہ جمع نہیں کرسکتا۔"

میں نے کہا

"روپیہ کی ایسی کیا ضرورت ہے۔ یہ تو ایسا کام ہے جو بغیر روپیہ کے شروع ہو سکتا ہے۔"

تم نہیں جانتے اور واقعی تم کیا جانو اس میں بہت زیادہ روپیہ کی ضرورت ہے، بات یہ ہے کہ پہلے تو مجھ کو تمام کثیر الاشاعت انگریزی اردو اور ہندی کے اخبارات میں بڑے بڑے اشتہارات دینا ہوں گے جن کے اخراجات ہزاروں تک پہنچیں گے پھر مجھ کو فی الحال کم سے کم یوپی کے بڑے بڑے شہروں میں شاخیں کھولنا پڑیں گی۔ ہر شاخ میں ایک منیجر، ایک کلرک اور ایک چپراسی ہوگا۔ ان سب کی تنخواہیں اور مکانات کے کرائے اور دیگر اخراجات ملا کر یہ بھی چھ سات ہزار روپیہ ماہوار کا خرچ ہے۔"

میں نے کہا۔

ہاں یہ تو ہے۔"

کہنے لگے

"مگر ہے چلنے والی چیز اور اگر روپیہ ہو تو مالا مال ہو سکتے ہیں۔"

میں نے کہا

"بیشک۔"

کہنے لگے

"تو اس لاجواب ترکیب کو محض روپیہ نہ ہونے کی وجہ سے عمل میں نہ لا سکے، اس کے بعد ایک اور تجویز ذہن میں آئی۔ یعنی ولایت میں ہندوستان کا آم فروخت کیا جائے۔"

میں نے کہا

"یہ تو واقعی بادشاہ بنا دینے والی تجویز ہے۔ بس اپنے ہی تک یہ تجویز رکھنا اور چپکے سے یہ کاروبار شروع کر دو۔" میں سب سمجھ گیا کہ اس میں کیا کیا کرنا ہوگا۔ اور کیا کیا اخراجات اور کیا کیا منافع ہوں گے۔"

مجھ کو چپ کرکے بولے۔

"تم خاک بھی نہ سمجھو گے کہ میرے ذہن میں کیا ترکیب ہے تم پہلے یہی بتاؤ کہ ہندوستان کا آم کس طرح لندن صحیح حالت میں

پہنچا جا سکتا ہے؟

میں نے کہا

"یہاں سے خام بھیجا جائے اور برف میں رکھ کر۔"

کہنے لگے

"بہشت کہیں اس طرح آم پہنچ سکتا ہے۔ اوّل تو خام آم برف میں رکھے جانے کے بعد ٹھٹھر کر رہ جائے گا اور پکے گا نہیں دوسرے اگر پک بھی گیا تو وہ لطافت پیدا نہیں ہو سکتی جو قدرتی طور پر آم میں ہوتی ہے۔"

میں نے کہا

"پھر کیا بذریعہ تار بھیجو گے؟ یا لندن والوں کو لاسلکی سے کھلاؤ گے؟"

ہنس کر کہنے لگے

"تم تو مذاق کرتے ہو، خیر میں جو ترکیب تم کو بتانے والا ہوں اسے سن کر اُچھل ہی پڑو گے۔؟"

میں نے کہا۔

سنو بھائی میں بھی وہ ترکیب۔"

کہنے لگے۔

"آم ہندوستان سے ولایت بھیجے بھی جائیں اور وہ صحیح حالت میں وہاں پہنچ جائیں اس کا صرف یہ طریقہ ہے کہ بذریعہ ہوائی جہاز بھیجے جائیں۔"

میں نے کہا۔

"واقعی ترکیب تو خوب نکالی۔"

کہنے لگے

"مگر سنو تو سہی اس کے اخراجات سُن کر تمہارے ہوش اُڑ جائیں گے۔ سب سے پہلے تو مجھ کو لکھنؤ، ملیح آباد، بنارس وغیرہ کے بہترین باغات خریدنا پڑیں گے پھر سب سے زیادہ ضروری بات یہ ہے کہ ہوائی جہاز ذاتی ہو بلکہ زیادہ اچھا تو یہ ہے کہ دو ہوائی جہاز ہوں ایک مال لے کر جائے اور دوسرا وہاں سے اُسے لے کر واپس آجائے اب ذرا ہوائی جہازوں اور آم کے چند باغوں کے مصارف اور قیمتوں کا تخمینہ تو کرو۔" میں نے کہا۔

"چھ سات ہزار یا اس سے کچھ زیادہ۔"

کہنے لگے

"چھ سات ہزار، اجی چھ سات لاکھ کہیئے بلکہ اس سے بھی زیادہ۔"

میں نے کہا۔

پھر؟"

کہنے لگے

"پھر کیا؟ نہ چھ سات لاکھ کبھی ہوں گے نہ یہ اسکیم پوری ہوگی۔"

گھڑی نے ٹن ٹن کرکے تین بجائے میں نے انگڑائی لے

کر کہا۔

"اچھا اب سو جاؤ۔ صبح باتیں ہوں گی۔"

کہنے لگے

"بیٹھو تو ابھی تم نے سُنا ہی کیا ہے۔" صرف دو گھنٹہ تو اور

رات ہے، کیا کرو گے سو کر ایک ترکیب ایسی ہے کہ تم ہی داد دے

سکتے ہو۔"

میں نے جماہی لیتے ہوئے کہا۔

وہ کیا؟"

کہنے لگے

"وہی جو میں نے تم کو ایک مرتبہ لکھا تھا موٹر سروس کے

متعلق۔ اس کو خدا جانے تم نے کیا سمجھا تھا میرا مقصد یہ تھا کہ ان مقامات

پر موٹر سروس شروع کی جائے جہاں نہ ریل ہے نہ کوئی اور سواری

آسانی سے جا سکتی ہے۔ اس کے لئے ہم خود سڑکیں بنوائیں گے اور

ان سڑکوں پر اپنی لاریاں چلائیں۔ کہ ہماری سروس تمام ہندوستان میں ہو گی، لیکن اس کے اخراجات بھی ہوائی جہاز سے کم نہیں ہیں بلکہ زیادہ ہی ہیں لہٰذا یہ اسکیم بھی ابھی تک محتاج عمل ہے۔"

میں نے کہا۔

"بھائی یہ تجویز تو کچھ نہیں۔"

سینے پر چڑھ کر بولے۔

"کیا کہا۔ یہ تجویز کچھ نہیں۔ کیا بتاؤں میرے پاس روپیہ نہیں ہے ورنہ تجویز کو عمل میں لا کر دکھا دیتا کہ کیسی ہے یہ تجویز۔"

میں نے کہا

"نہیں بھائی میرے ذہن میں نہیں اتری ورنہ۔"

کہنے لگے۔

"تم ان تجارتی باتوں کو نہیں سمجھ سکتے مجھ کو تو تجربہ ہے اس لئے اس کو تو کچھ میں ہی خوب سمجھ سکتا ہوں اس میں ایک نکتہ اور بھی ہے کہ ہماری ہوائی سڑکوں کو کوئی اور استعمال نہیں کر سکتا اور اگر استعمال کرے گا تو اس کو ٹیکس دینا ہو گا۔"

میں نے کہا۔

"بھائی اب نیند کی وجہ سے کوئی بات سمجھ میں نہیں آ رہی ہے۔"

کہنے لگے۔

"تو یہ کیوں نہیں کہتے ہو، تم تو یہ کہہ رہے ہو کہ یہ تجویز ہی کچھ نہیں ہے اچھا جاؤ سو رہو پھر صبح اور تجویزیں بتائیں گے، حالانکہ اب سو کر اپنی طبعیت خراب کر دگے۔"

اس وقت تو خیر نجات مل گئی لیکن دوسرے دن صبح سے لے کر شام تک اور شام کے بعد سے بھائی مقصود کی ٹرین کے وقت تک بس وہ اپنی کاروباری اسکیمیں بتاتے رہے لیکن ہر تجویز ایسی تھی کہ اگر اس کو ملک معظم بطور کاروبار عمل میں لانا چاہیں تو شاید کامیاب ہو جائیں ہم ایسے فاقہ مست تو کبھی قیامت تک بھی کامیاب نہیں ہو سکتے، اور غالباً یہی وجہ ہے کہ بھائی مقصود کے خطوط میں کوئی نہ کوئی نئی اسکیم تو ہوتی ہے۔ لیکن تا دم تحریر کوکوئی اطلاع یہ نہیں ملی ہے کہ وہ کاروبار بھی کر رہے ہیں اور نہ ہم کو اُمید ہے کہ وہ کبھی کچھ کریں گے، البتہ ان کا دماغ ضرور اس قابل ہے کہ مغربی تاجران کا سر کٹوا کر رکھ لیں۔

تعجب ہے کہ بھائی مقصود اپنے متعلق ایک ایک بات اور پوشیدہ سے پوشیدہ راز خواہ وہ ہمارے لئے باعث دلچسپی نہ ہو اپنے خطوں میں لکھ کر بھیج دیا کرتے تھے لیکن اپنی سجادہ نشینی کی داستان انہوں نے کبھی نہ لکھی اور اپنے کسی خط میں اس طرف اشارہ بھی نہ کیا کہ وہ اسقدر مقدس انسان بن گئے ہیں ہم کو تو یہ قصہ اُس وقت معلوم ہوا جب انہوں نے حضرت مخدوم گلزار شاہ قدس سرہ کے عرس مبارک کا دعوتی کارڈ بھیجا جس کے نیچے داعی کا نام

شاہ مقصود عالم سجادہ نشین درگاہ حضرت مخدوم گلزار شاہ قدس سرہٗ:

لکھا ہوا تھا۔

ہم نے پہلے تو کارڈ کو بار بار آنکھیں مل مل کر دیکھا اور پھر نہایت، بیتابی کے ساتھ ہوسٹل کے ان تمام ساتھیوں کو دکھایا یا جو بھائی مقصود، لاحول ولاقوۃ بلکہ استغفراللہ شاہ مقصود عالم کے بھی ساتھی رہ چکے تھے، اس کارڈ کو دیکھ کر سب کی متفقہ رائے یہی تھی کہ جس طرح بھی ہو سکا عرس میں سب کے سب شریک ہوں گے اور بھائی مقصود کی سجادہ نشینی دیکھیں گے، چنانچہ تاریخ مقررہ پر یہ قافلہ عجیب آباد روانہ ہو گیا اور بھائی مقصود کو اطلاع دے دی کہ ہم سب آ رہے ہیں۔

اسٹیشن پر پہنچ کر ہم کو امید تھی کہ بھائی مقصود استقبال کے لئے موجود ہوں گے لیکن ہم کو تعجب ہوا کہ وہ نہ تھے، البتہ دو خدامِ درگاہ ہم کو اسٹیشن پر ملے۔

میں نے پوچھا

"شاہ صاحب نہیں آئے؟"

جواب ملا۔

"حضور میاں صاحب قبلہ اس وقت غسل شریف میں تھے اور اب محفل سماع میں ہوں گے۔"

ہم لوگ بھی اسٹیشن سے پہلے درگاہ شریف سے متعلق مہمان خانہ میں گئے اور وہاں سے براہ راست محفل سماع میں پہنچ گئے جہاں ایک مجمع لگا ہوا تھا اور ڈھولک کی تھاپ کے ساتھ ع

دل بردی وجاں بردی بیتاب وتواں کردی

کی تکرار جاری تھی، ہم بھی مجمع کو ہٹاتے ہوئے کسی طرح آگے بڑھے، دیکھتے کیا ہیں کہ ایک مسند پر گاؤتکیہ سے لگے ہوئے حضرت شاہ صاحب قبلہ بیٹھے جھوم رہے ہیں آنکھیں نیچی ہیں اور چاروں طرف نور کی بارش ہو رہی ہے، ڈاڑھی تو نہیں رہی ہے لیکن منڈے ہوئے سر کے بجائے اب معطر اور بلدار کاکلیں شانوں پر لہرا رہی ہیں، گلے میں ہار پڑے ہوئے ہیں، ہاتھوں اور پیروں میں مہندی لگی ہوئی ہے۔ گیروے رنگ کا کرتہ گلے میں ہے اور زرد رنگ کی تہبند ہے۔ ایک پشت خار ایک خاصدان ایک گلدان سامنے رکھا ہوا ہے پیچھے ایک خادم درگاہ چنور لئے کھڑا ہے اور دوسرا دستی کھجور کا پنکھا فرائے کے ساتھ جھل

رہا ہے۔ آپ کے اردگرد معتقدین دوزانو ادب سے گردن جھکائے ہوئے بیٹھے جھوم رہے ہیں، اور کبھی کبھی کوئی شخص روپیہ لے کر آگے بڑھتا ہے تو آپ اس کو لے کر اپنے دست مبارک سے قوال کو دے دیتے ہیں۔

ہمارے رہنما خدام جو ہم کو اسٹیشن سے لائے تھے پہلے ہی بتا چکے تھے کہ ہم کو بھی نذر پیش کرنا ہوگی۔ لہٰذا ہم سب کی مٹھی میں ایک ایک روپیہ تھا اور ہم موقع کی تلاش میں تھے کہ کس طرح شاہ صاحب قبلہ کی قدم بوسی حاصل کریں کہ یکایک شاہ صاحب نے بڑی زور سے

"دل بردی" کا نعرہ لگایا "حق ہے" اور سر کو کافی پھٹکار انداز سے پے در پے جنبش دے کر۔

"دل بردی، دل بردی حق ہے، دل بردی" کہتے ہوئے کھڑے ہو گئے، ان کے ساتھ ہی تمام حاضرین محفل مع قوالوں کے کھڑے ہو گئے اور قوالوں نے اور بھی گلا پھاڑ پھاڑ کر دل بردی، دل بردی کی تکرار شروع کر دی۔

اب شاہ صاحب بھاؤ بتا بتا کر ناچ رہے تھے قوالوں پر روپیہ کی بارش ہو رہی تھی۔ اور وہ بھی اس پر تلے ہوئے

تھے کہ اگر آج "دل بردی" کہتے کہتے ان کی جان بھی نکل جائے گی تو کوئی پرواہ نہیں بلا سے روپیہ تو گھر بھر دے گا شاد صاحب تھے کہ رقص کے تمام کمالات صرف کئے دیتے تھے۔ آخر کار تھک کر شاہ صاحب قبلہ سجدہ میں گر گئے لیکن "دل بردی" کا وظیفہ اب بھی زبانِ مبارک پر تھا۔

ہم لوگوں کا ہنسی کے مارے برا حال تھا لیکن حاضرین میں سے ایک بزرگ برابر ہم کو منع کر رہے تھے کہ بری بات ہے میاں صاحب قبلہ کو تو حال آرہا ہے اور تم ہنستے ہو۔

میاں صاحب بڑی دیر تک سجدے میں پڑے "دل بردی" کرتے رہے لیکن خدا کا شکر ہے کہ قوالوں کے جان دینے سے پہلے ہی اٹھ کر آدمیوں کی طرح اپنی جگہ پر بیٹھ گئے ان کے ساتھ تمام حاضرین بھی بیٹھے اور قوال بھی اس "دل بردی" کے کھانچے سے آگے بڑھے ورنہ اب تک تو یہی معلوم ہو رہا تھا کہ گراموفون کے کسی خراب ریکارڈ پر سوئی اٹک کر رہ گئی ہے خدا خدا کر کے اس قیامت نے دم لیا اور ہماری ہنسی بھی رکی تو ہم سب نے آگے بڑھ کر یکے بعد دیگرے نذریں پیش کیں۔

شاہ صاحب نے ہم سب کو نہایت محبت سے اپنے پاس بٹھایا اور حکم دیا کہ چوکی بدل دی جائے اب کی مرتبہ کوئی بی صاحبہ چمکتی ہوئی آگے بڑھیں اور ہزاروں مرتبہ لطیف کھنکھاروں کے بعد گلا اور ریشمی رومال سے لب ہائے رنگین کو صاف کر کے وہی پکا گانا شروع کر دیا جو قیامت تک ہماری سمجھ میں نہیں آسکتا تھا اور نہ ہم سمجھے لیکن شاہ صاحب تھے کہ ماہرین فن موسیقی کی طرح گردن اور بھویں چلا رہے تھے۔ اور وہ مسماۃ تھیں کہ شاہ صاحب کو سلام پر سلام کر رہی تھیں خدا خدا کر کے ان کی یہ فقیرانہ صدا ختم ہوئی اور خدا کا لاکھ لاکھ شکر و احسان ہے۔ کہ انہوں نے ع

نظارہ کا نظارہ رو پوشی کی رو پوشی

شروع کر دی ایک تو جوش کی غزل پھر ان مسماۃ کی آواز اور سب سے زیادہ قیامت یہ کہ کڑیل جوان سجادہ نشین ، نتیجہ یہ ہوا کہ ان بی صاحبہ کو بالکل شاہ صاحب کی آغوش میں آکر گانا سنانا پڑا اور دیکھتے ہی دیکھتے وہ شاہ صاحب کی آغوش مبارک میں بیٹھی ہوئی گا رہی تھیں اور شاہ صاحب آنکھیں بند کئے ہوئے خدا جانے کن روحانی منازل

میں گم تھے البتہ ہم لوگوں کو پسینے آرہے تھے کہ ہم اس قدر بد
قریب کیوں بیٹھے ہیں کہ یکایک شاہ صاحب قبلہ نے کاکلیں
جھٹکار کر اور مسماۃ کے سر نیاز نہیں بلکہ سر ناز پر ہاتھ پھیر کر
کہا ہے

یہ حسن فروشی کی دکان ہے یا چلمن

اور ادھر چار پانچ معتقدین نے روپیہ لا کر پیش کیا
جو شاہ صاحب کے ہاتھ سے ہوتا ہوا ان صاحب کے ہاتھ
میں اور بی صاحبہ کے ہاتھ سے ہوتا ہوا استاد جی کی سارنگی میں
پہنچ گیا لیکن شاہ صاحب تھے کہ برابر عالم وجد میں مغنیہ کو
"لخت جگر" بنائے جاتے تھے وہ تو کہیے کہ عین اسی وقت مغرب
کی اذان ہوئی اور محفل سماع برخاست ہم نے دل میں کہا

موذن مرحبا بر وقت بولا
تیری آواز مکے اور مدینے

شاہ صاحب بھی کھڑے ہو گئے اور ہم سب کو لے کر
اپنی نشست گاہ میں پہنچے حالانکہ ہم سمجھے تھے کہ مسجد
جائیں گے بلکہ جب ہم نے کہا کہ نماز نہیں پڑھو گے تو ایک
خادم کو حکم دے دیا کہ آپ کو مسجد پہنچا دو اور خود وہیں بیٹھے

رہے۔

جب ہم مسجد سے واپس آئے تو شاہ صاحب کا کمرہ اِندر کا اکھاڑہ ہو رہا تھا اور خود شاہ صاحب پریوں کے بیچ میں راجہ اِندر بنے بیٹھے تھے ایک طوفان رنگ و بو تھا جو ہوش و حواس کو اڑائے لئے جا رہا تھا۔

ہم لوگوں کو بھی اسی پرستان میں بیٹھنا پڑا بعض اوقات مقصود کے حالات مضحکہ خیز اور شرمناک معلوم ہوتے تھے لیکن اس وقت سچ پوچھیے تو وہ ایک قابلِ رشک شخصیت بنا ہوا بیٹھا تھا کہ کوئی تو اپنے دست ناز .... سے گلوریاں بنا بنا کر دے رہا تھا کوئی اپنی نازک کلائیوں سے پنکھا جھل رہا تھا، کسی سے شاہ صاحب ہنس کر باتیں کر رہے تھے اور کوئی شاہ صاحب سے روٹھ روٹھ کر اپنی کافر برہمی سے فضاؤں کو حسین بنائے دیتا مختصر یہ کہ ہمارے لئے یہ وقت سخت ترین امتحان کا وقت تھا اور ہم کو خود حیرت ہے کہ اس حال طلب ماحول میں ہم کس طرح زندہ رہ سکے۔ آپ کہیں گے کہ بے غیرت تھے۔

شاہ صاحب نے قیامت بالائے قیامت یہ فرمائی کہ

موت کی فرشتہ صاحبہ سے ہم لوگوں کا تعارف کرا دیا اور اس ایک تعارف نے تمام حضرات کو ہم لوگوں کی طرف متوجہ کردیا، کنگن والے ہاتھوں سے کمانی دار سلام ہونے لگے اور مجبوراً ہم کو گردن جھکا کر اور آنکھیں چرا کر جواب دینا پڑے، پھر قیامت یہ آئی کہ ہم کو بھی انہیں ہاتھوں کی بنی ہوئی قاتل گلوریاں کھانا پڑیں یعنی

زہر دیں اس پہ یہ تاکید کہ پینا ہوگا

غالباً شاہ صاحب نے ہم کو خوش کرنے کے لئے بائی جی کی طرف متوجہ ہو کر کہا۔

"کیا آپ کو میرے احباب کی صحبت سے الجھن ہو رہی ہے؟"

بائی جی نے غارت گر تبسم کے ساتھ فرمایا۔

"آپ تو میاں ایسی باتیں کرتے ہیں۔"

ہم سے شاہ صاحب نے فرمایا۔

"صاحب یہ بھی بڑی چیز ہیں۔ جب آپ مفصل طور پر ملیں گے تو پتہ چلے گا۔"

ایک اور نازک بدن نے کہا۔

"میاں یہ منفصل ملاقات کیسی ؟"

ہنس کر بولے۔

"تم بڑی شریر ہو۔"

اور ہماری طرف متوجہ ہو کر فرمایا۔

"واقعی یہ عجیب چیز ہیں، گلا تو ماشاءاللہ ایسا ہے کہ انسان کو پاگل بنا سکتی ہیں اور پھر مذاق بلند ہے جو سناتی ہیں قیامت کی چیز سناتی ہیں۔ اگر یہ آپ حضرات سے کچھ خوش نہیں رہیں تو یہی وجہ ہے کہ اب تک انہوں نے کچھ نہیں سنایا۔"

میں نے کہا۔

"تو آپ فرمائیے کہ ہم لوگوں کو محروم نہ رکھیں۔"

کان پر ہاتھ رکھ کر بولے۔

"نا بابا میں اتنی جرأت نہیں رکھتا۔ میں تو ان کو اپنی سرکار سمجھتا ہوں۔"

بائی جی نے ٹھنک کر کہا۔

"واہ میاں ہم کو یہ باتیں نہیں اچھی لگتیں۔"

بائی جی کی والدہ نے کہا۔

"تو سنا دو کچھ، میاں تو ہمیشہ اسی طرح فرمائش کرتے ہیں۔"

باتی جی نے اپنی والدہ کے حکم کی تعمیل میں بغیر ساز کے گلا صاف کر کے خالی کی غزل شروع کی۔ ع

ایک برق سر طور ہے لہرائی ہوئی سی

واقعی باتی جی بہترین مغنیہ تھیں مگر ایسی بھی نہیں کہ پہلے ہی مصرع سے بھائی مقصود پر نزع کا عالم طاری ہو گیا ان کی کاکلیں ہلنے لگیں ادھر ادھر بیٹھے ہوئے لوگوں پر دو ہتڑ پڑنے لگے "حق ہے" کے نعرے بلند ہونے لگے اور جس وقت باتی جی نے یہ شعر پڑھا ہے ؎

اک عالم دل ہے یہی دنیا یہی فردوس
ہر شے نظر آتی ہے نظر آئی ہوئی سی

بس بھائی مقصود "الا اللہ" کہہ کر اُچک پڑے اور ساتھ ہی ساتھ ان کے سینہ سے تیز قسم کی روشنی بجلی کی طرح تڑپ کر نکلی اور غائب ہو گئی ادھر حاضرین اور حاضرات فوراً سجدہ میں گر پڑے اور ہم لوگوں پر بھی اس معجزے سے وہ دہشت طاری ہوئی کہ سب اپنی اپنی جگہ پر کانپنے لگے اور وہ باتی جی بھی ششدر ہو کر رہ گئیں

شاہ صاحب پر اب سکوت کا عالم طاری تھا اور تمام حاضرین اور حاضرات دم بخود بیٹھے تھے۔ ہم لوگ بھی نقشِ حیرت بنے ہوئے اس معجزے پر غور کر رہے تھے کہ شاہ صاحب نے تخلیہ کا حکم دیا اور سوائے ہم لوگوں کے سب کو وہاں سے ہٹا دیا گیا۔

اب بھائی مقصود کے تقدس کا ہم لوگوں پر بھی سکہ بیٹھ گیا تھا بلکہ ہم لوگوں کے لئے تو وہ نہایت خوفناک چیز بن گئے تھے، مگر جب سب چلے گئے تو بھائی مقصود نے اپنی پیراق بے تکلفی کے ساتھ باتیں کرنا شروع کر دیں۔

"ہاں جی اب بتاؤ کیا حال چال ہیں۔"

میں نے ہاتھ جوڑ کر کہا۔

"حضور کی دعا چاہیئے۔"

کہنے لگے۔

"تمہارے لئے میں حضور تھوڑی ہوں۔ حضور وہ کہتے ہیں جن کے سامنے مجھ کو مجبوراً پیکرِ دغا دفریب بن کر بیٹھنا پڑتا ہے ورنہ میری کوئی وقعت ہی نہ ہو۔"

میں نے پھر دست بستہ کہا۔

"حضور یہ کیا فرما رہے ہیں آپ کا مرتبہ ہم گناہگاروں سے بہت بلند ہے۔ آپ خدا سے نزدیک تر ہیں اور خدا کے محبوب بندوں میں ہیں۔ آپ کے دل میں طور والی تجلی آج بھی فروزاں ہے"

قہقہہ لگا کر اور اِدھر اُدھر دیکھ کر بولے۔

"تم بھی بڑے بیوقوف ہو، ارے یار یہ تو ان گدھوں کو بیوقوف بنانے کے ہتھکنڈے ہیں نہ کوئی تجلی ہے نہ تجلی البتہ یہ دیکھو ایک بیٹری ضرور لگی ہوئی ہے جس کا بٹن دبانے سے کرتے کے نیچے روشنی ہو جاتی ہے اور یہ جاہل اس کو میرا شعبدہ بلکہ معجزہ سمجھتے ہیں بھائی یہ بھی ایک تجارت ہے اور کچھ نہیں اگر میں یہ ترکیبیں نہ کروں تو یہاں نہ یہ چہل پہل ہو نہ یہ میرا مرتبہ"

ہم سب نے حیرت سے ہنس کر کہا۔

"یار تم تو بڑے بھاری ڈاکو ہو"

کہنے لگے۔

"بس چپ رہو، چلو درگاہ شریف چلیں فاتحہ تو پڑھ لو۔"

وہ ہم سب کو لے کر شاہ صاحب مزار شریف پر گئے جہاں کوئی تو راستہ میں شاہ صاحب کے قدموں کی خاک اپنے بیمار عزیزوں کو چٹانے کے لئے اٹھاتا تھا اور کوئی اپنے بچوں کے کپڑے شاہ صاحب

کی تہبند مبارک سے چھوا لیتا تھا۔ اور مسافروں کا یہ حال تھا کہ ایک قدم چلنا بھی مشکل تھا۔ بمشکل تمام ایک گھنٹہ کے بعد درگاہ شریف پہنچے جہاں ہم لوگوں نے فاتحہ پڑھا اور شاہ صاحب نے خدام کو حکم دیا کہ ہم لوگوں کے ساتھ خاص قسم کا تبرک کر دیا جائے چنانچہ نہایت اعلیٰ قسم کی سیر سیر بھر مٹھائی ہم میں سے ہر ایک کے لئے لی گئی۔ اور گلگلے اس کے علاوہ تھے۔

درگاہ شریف سے رخصت ہو کر ہم لوگوں نے نہایت پُر تکلف کھانا کھایا اور رخصت ہوتے وقت شاہ صاحب سے وہ روپے چھین لئے جو نذر میں پیش کئے تھے۔

بھائی مقصود ابھی تک تو سجادہ نشینی کر رہے ہیں۔

عاقبت کی خبر خدا جانے

ختم شُد